Emportez-moi
sans me briser

Théodore Monod
Plon, 1990, rééd. Payot, 1993

Mémoires d'un naturaliste voyageur
Agep, 1990

Voyage au Ténéré
Plon, 1991

L'Homme de la passerelle
prix du Premier Roman
Éd. du Seuil, 1992

L'Archange perdu
roman
Prix Anna de Noailles de l'Académie Française
Mercure de France, 1994

Vingt-trois lettres d'Amérique
Fayard, 1995

Isabelle Jarry

Emportez-moi
sans me briser

roman

Fayard

Emportez-moi sans me briser, dans les baisers,
Dans les poitrines qui se soulèvent et respirent,
Sur les tapis des paumes et leur sourire,
Dans les corridors des os longs, et des articulations.

Emportez-moi, ou plutôt enfouissez-moi.

Henri Michaux, *La nuit remue.*

au prince A. B.

I

Il y a quelque temps, on pouvait voir à Paris une jeune fille, qui circulait en patins à roulettes. Elle sillonnait la ville et l'on aurait dit, tant il était fréquent de la rencontrer dans les rues, qu'elle passait ses journées dehors, à patiner. Il était difficile de lui attribuer un quartier de prédilection, car on la surprenait aussi bien au nord de la ville qu'au sud, sur la rive droite comme sur la rive gauche, à Saint-Germain-des-Prés et à Ménilmontant, au pont du Garigliano, à la Nation, boulevard Raspail et rue des Cinq-Diamants, avenue Junot ou quai des Célestins. Cette jeune fille, d'une grande beauté, aurait peut-être moins frappé les passants et les automobilistes si elle n'avait présenté ce signe si particulier qui la distinguait entre toutes : il lui manquait une main. La main gauche.

Son avant-bras s'arrêtait net, à hauteur du poignet, à peu près au niveau où l'on met

13

d'ordinaire sa montre. Elle allait toujours vêtue d'un pantalon de toile étroit, qui soulignait la minceur de ses jambes, et d'un maillot de coton à fines côtes moulant son torse et le haut de ses bras. Lorsqu'il y avait du vent, ou qu'il pleuvait, elle portait un minuscule blouson de velours rouge, dont la manche gauche s'arrêtait au niveau de son bras coupé. Un foulard retenait parfois ses fins cheveux blonds, qu'elle laissait flotter au vent derrière elle.

Jamais elle ne regardait autour d'elle, jamais son œil n'accrochait celui de quelque piéton, jamais il ne plongeait vers les passagers d'une voiture. Même les usagers des rares lignes d'autobus à plate-forme, devant qui elle passait parfois, rasant la rambarde à laquelle ils étaient accoudés, ne retenaient pas son regard. Elle filait droit et vite, avalant la chaussée, pliée en deux parfois lorsque la voie était bien dégagée, fonçant à travers la ville, légère et aérienne, aveugle au monde, traçant d'invisibles itinéraires, infatigable, forcenée, comme s'il se fût agi pour elle d'accomplir quelque obscure tâche d'endurance, encore et encore.

Il y avait deux ou trois mois que je la voyais évoluer. Elle débouchait soudain en trombe au coin d'un carrefour, surgissait d'un pont pour s'élancer vers un quai désert, zigzaguait entre les autos sur les grands boulevards et l'on pouvait suivre des yeux sa chevelure, telle une tache claire qui s'enfuyait au loin. Je ne faisais rien pour la rencontrer, je n'aurais d'ailleurs pas su où aller pour être sûr de la croiser, mais une succession de hasards m'avait permis de couper sa route à plusieurs reprises, et chaque fois j'avais été frappé par son image au point de la conserver en mémoire des heures durant, quand l'aperçu que j'avais eu d'elle n'avait duré que quelques secondes.

Cette fille au bras coupé finit par m'intriguer si fort que je me surpris à y penser souvent, beaucoup plus souvent que je ne l'aurais voulu. Elle exerçait sur moi une fascination étrange, dont je n'aurais su dire à quoi elle tenait, de l'attrait pour la bizarrerie de son physique ou de la séduction exercée par ce que je soupçonnais en elle d'inaccessible. Un jour que je me trouvais dans le quartier de l'Observatoire, je la vis qui dévalait vers moi l'avenue Denfert-Rochereau. Sans réfléchir, comme par réflexe, je me lançai à sa poursuite. Je conduisais à l'époque un petit roadster assez souple, très maniable, rapide, et dont l'avant, par l'austérité anguleuse de ses formes, impressionnait assez ceux qui me voyaient apparaître dans leur rétroviseur pour qu'ils se rangent et me laissent passer. Je pris la fille en chasse. Il n'y avait pas trop de circulation ce jour-là et comme, sur la distance, elle allait moins vite que moi, je parvins à ne pas la perdre de vue durant une vingtaine de minutes. Elle patinait très bien, avec une économie de gestes et une précision dans l'équilibre de ses mouvements qui m'enchantaient.

Le plus surprenant certainement était la façon dont elle improvisait son chemin. J'ai cru d'abord qu'elle avait une destination, tant elle projetait vivement ses bras, tant elle paraissait déterminée dans son avancée. Mais peu à peu je compris qu'elle se dirigeait au hasard. Elle n'allait nulle part... De temps en temps, sans que rien dans son déplacement l'ait laissé prévoir, elle obliquait brusquement et prenait un virage. J'avais du mal alors à la suivre, car il était impossible d'anticiper ses mouvements. Elle décidait au gré du chemin, attirée sans doute par quelque détail ou souvenir particulier qui soudain surgissait dans son champ de vision, mais cette flânerie, dont on aurait attendu qu'elle s'harmonise avec un rythme nonchalant, plus désinvolte, s'assortissait d'une précipitation, d'un entêtement surprenant, presque acharné. Je finis par la laisser échapper vers la rue de Liège, ou d'Amsterdam, lorsqu'elle s'engagea dans une petite voie qu'elle prit en sens interdit, en montant sur le trottoir. Les embouteillages du quartier Saint-Lazare achevèrent de me faire perdre la partie. Je rentrai chez moi, stupide et déçu. De quoi, je n'aurais su le dire sur le moment... Mais l'élément le plus désappointant de l'affaire, et qui m'apparut dans les heures qui suivirent cette étrange course-poursuite, était sans doute le fait qu'elle ne m'avait pas remarqué. Car j'avais la certitude que la fille ne m'avait pas vu, qu'elle n'avait pas prêté attention à moi un seul instant. Elle ne se retournait jamais, ne regardait pas autour d'elle. J'aurais pu la talonner une journée entière qu'elle n'aurait pas davantage noté ma présence.

Je passai ensuite plusieurs jours sans la voir, puis je l'aperçus de nouveau, à l'angle du boulevard Beaumarchais et de la rue Saint-Gilles. Je partis en voyage, restai absent de Paris près de trois semaines, absorbé par des affaires difficiles que je tentai de traiter avec des hommes dont je ne comprenais même pas la langue. Quand je revins, j'avais presque oublié la fille sans main, jusqu'au jour où je la vis déboucher presque sous mon nez. Je me trouvais alors sur le Pont-Neuf, au volant du roadster, elle arrivait du quai de l'Horloge à toute vitesse : elle ne jeta même pas un regard sur sa droite, on aurait dit qu'elle était seule à occuper la voie. Je compris qu'elle rejetait toute prudence. Pire, elle refusait sciemment de considérer le danger, elle le niait par une indifférence aveugle. Elle frôla ma voiture lorsqu'elle prit son virage et s'élança vers la rue Guénégaud. Je ne cherchai pas à la suivre... Pour la première fois, je vis son visage de près ce jour-là. Elle était encore plus jolie qu'elle en avait l'air lorsqu'on la voyait passer au loin. Elle ressemblait à une petite Norvégienne, avec des yeux bleus et un teint pâle, transparent, de celles que l'on voit sur les dessins à l'aquarelle qui illustrent dans des éditions du siècle dernier certains contes d'Andersen. N'était sa main manquante, énorme détail qui troublait terriblement le tableau, elle était ravissante.

J'ai souvent, pendant les mois d'été, pensé à cette fille. Le printemps cette année-là avait été radieux, la saison qui lui succéda fut désastreuse. Un genre d'été boudeur et capricieux, exaspérant les nerfs par son indécision, changeant, sombre et nuageux, stupidement languide. Je ne vis plus la patineuse et pensai qu'elle avait quitté Paris pour les vacances. Son visage pourtant me revenait en mémoire certains soirs d'août, quand la nostalgie s'étend sur la ville abandonnée, l'étrange mélancolie de la fin de saison imprégnant la lumière des rues, lorsque déjà aux branches des peupliers des bords de Seine les feuilles jaunissent et se détachent, avant l'heure. Peu à peu, je me surpris à interroger mes amis, au détour d'une conversation. Je parlais incidemment de ma patineuse, leur demandant s'ils l'avaient repérée eux aussi et s'ils l'avaient vue récemment. J'étais alors quelque peu entiché d'elle et pas un jour ne se passait sans que son image me vienne à l'esprit, au moins une fois. Son souvenir flottait dans l'air quand je me déplaçais, m'entourait, me tenait en haleine. Je la guettais du coin de l'œil aux feux rouges, m'attardais aux carrefours, lorgnais l'horizon des grandes avenues rectilignes, des quais, des boulevards. Cette fille, par son absence autant que par ses apparitions fugitives, m'intriguait si fort que j'en étais arrivé à lui donner une place réelle dans ma vie, allant jusqu'à imaginer que je la connaissais, qu'elle faisait partie de mon existence. Mais dès que je tentais de décrire cette appartenance, dès qu'il me fallait expliquer les raisons qui justifiaient que je m'intéresse tellement à sa personne, je restais muet, et comme honteux de mon ignorance.

C'est à cette époque que Rose reparut. Je l'avais, une fois encore, plus ou moins perdue de vue, et si je songeais à elle de loin en loin, c'était avec la joyeuse conviction qu'elle reviendrait me surprendre un jour ou l'autre. Il y avait des années que nous nous connaissions et nous entretenions une de ces relations d'amitié amoureuse telles qu'en pratiquent bon nombre d'anciens amants assagis, que n'a blessés aucun véritable chagrin d'amour. Nous avions l'un pour l'autre des attentions de cousins et une tendresse que les circonstances de nos retrouvailles pouvaient transformer en véritable émotion. Je rencontrai Rose un soir dans les Halles, un quartier que je fréquente peu et que je n'aime guère, mais où un rendez-vous m'avait conduit ce jour-là. La fin du mois d'août approchait, et lorsque je sortis du bureau où j'avais passé l'après-midi entier, il faisait si bon que j'éprouvai l'envie de m'attarder dehors. L'été nous avait offert trop peu de ces soirées douces et dorées, et je m'installai à la terrasse d'un des cafés qui bordent le Forum des Halles, pour y feuilleter le journal du soir. Quelques minutes plus tard, on toucha mon épaule : c'était Rose. Elle s'assit près de moi, me serra dans ses bras sans ménagement et m'embrassa plusieurs fois, avec l'exubérance qu'elle manifestait toujours après les mois de silence dont elle avait le secret. Malgré ses rires, je sentis toutefois qu'elle avait perdu une part de l'insouciance et de la vivacité qui faisaient son charme. Quelque chose avait dû arriver dans sa vie chaotique et animée, qui lui avait porté un coup. Cela m'émut, car je tenais à Rose autant qu'à sa bonne humeur.

Cela faisait plus d'un an que je n'avais eu de

ses nouvelles, et aucun moyen d'imaginer ce qu'elle avait bien pu faire entre-temps. Mon amie me surprenait toujours par sa fantaisie et l'étonnante facilité qu'elle avait à changer de métier, si l'on peut qualifier ainsi des activités aussi originales que dresseuse de perroquets, photographe dans des expéditions hima-layennes, trapéziste, détective privé et autres folies de son cru. J'eus, l'espace d'un instant, avant qu'elle se mette à parler, la sensation que nos retrouvailles lui faisaient l'effet d'une bouée de sauvetage lancée à point nommé, et je fus frappé de l'expression de soulagement qui détendit ses traits lorsque je lui proposai de pas-ser la soirée en ma compagnie.

Il existait entre Rose et moi une règle tacite instituée dès longtemps, en vertu de laquelle c'était elle qui me racontait ses aventures, tandis que je l'écoutais. Elle se livrait à l'exercice avec talent, et chacune de nos rencontres me laissait aussi ébloui qu'un petit garçon au sortir d'une pièce de théâtre mettant en scène un conte au sens demeuré mystérieux. J'aurais pu passer des soirées entières à écouter Rose, à observer son visage mobile dans lequel pétillaient ses yeux, à me laisser peu à peu reconquérir par son sourire espiègle qui élargissait sans cesse ses lèvres. Elle était brune, petite, pas vraiment jolie, mais elle possédait un charme très subtil qui agissait plus efficacement qu'une vraie beauté. Les hommes l'adoraient, et elle le leur rendait assez bien. C'était le genre de fille qu'on ne remarquait pas avant qu'elle se mette à parler; mais dès qu'elle ouvrait la bouche, sa voix vous attirait et vous la découvriez soudain. Son expression s'animait et c'est à ce moment qu'elle vous saisissait, vous entraînant à sa suite dans d'invraisemblables histoires. La principale qualité de Rose était sa gentillesse : elle ne vous voulait aucun mal et ne cherchait jamais à tirer profit de son pouvoir d'attraction. Je me suis souvent demandé si elle se rendait seulement compte de cette capacité qu'elle avait à captiver ceux qui l'écoutaient. J'avais eu de mon côté un certain sentiment pour elle à l'époque où je l'avais rencontrée, ce que je pourrais appeler une faiblesse très accentuée. Je crois bien que j'en étais un peu amoureux, à vrai dire. Nous avions été amants quelques mois, et j'avoue que je n'ai jamais compris ce qui lui avait plu en moi au point de me couvrir alors de son affection et de me conserver depuis une si fidèle amitié.

Je suggérai à Rose d'aller dîner dans un lieu plus familier, et nous nous retrouvâmes de l'autre côté de la Seine, dans ce qui depuis des années nous servait de QG, un petit bar poussiéreux et revêche du quartier Saint-Sulpice que nous adorions l'un et l'autre, par quelque réminiscence de notre jeunesse passée. On y mangeait plutôt mal, on n'y buvait rien que de très ordinaire, mais on pouvait y rester des heures sans que personne vienne vous déranger ou vous signifier qu'il était temps de laisser la place aux suivants. Le décor était d'ailleurs assez laid pour en écarter les éventuels clients et, hormis quelques vieillards habitués et de rares couples de touristes égarés, il n'y venait presque personne. Je commandai une bouteille de vin. Le garçon s'éloigna en traînant les pieds sur le sol parsemé de sciure.

— Jean est mort, me dit Rose.

J'avais vu Jean une fois, en compagnie de Rose, des années auparavant. Je gardais de lui l'image d'un dandy, non pas de ces gandins précieux qui ne vous regardent jamais en face, l'air dédaigneux et la bouche pincée, mais plutôt de ceux qui ont abandonné leurs illusions et ne préservent leur élégance raffinée — à tonalité très anglaise — qu'en rempart aux effondrements intérieurs. Jean ressemblait à un chevalier vaincu. Il portait les cheveux longs, des cheveux noirs et raides qui lui descendaient aux épaules. Ses yeux, d'un brun ardent, m'avaient surpris par l'éclat dur qu'ils reflétaient. La flamme que je m'étais attendu à trouver dans la chaude nuance de châtain pailleté de noir semblait s'être éteinte pour laisser place à une lueur fauve qui vacillait dans ses prunelles. Son regard fuyait, en perpétuel mouvement, en quête d'un signe de contradiction qui ne venait jamais.

Jean avait dû être très beau et, s'il conservait de sa jeunesse une certaine prestance, comme une marque de qualité ineffaçable que l'on devinait à la grâce voilée de quelques attitudes, son charme avait disparu et son sourire restait crispé sur ses lèvres charnues, presque violettes. Je me souvenais avoir alors imaginé pour lui une jeunesse dorée, toute remplie d'automobiles et de jolies filles, d'étés sur la Riviera, de promenades en coupé le long de corniches ensoleillées, de nuits entières passées au casino, de soirées prestigieuses, d'intrigues, de sommes folles dépensées en une heure et de femmes éperdument amoureuses. Et je devais être bien près de la vérité... Mais quelque chose s'était produit qui avait mis un terme à ce bel arrangement. La jeunesse éclaboussante de Jean avait pris fin dans un rictus horrifié, et le dégoût éprouvé alors laissait encore, des années plus tard, des plis amers qui cernaient sa bouche et ses paupières. Que s'était-il passé ? Une trahison violente, un cinglant abandon, ou la morsure plus douloureuse d'un basculement vers la folie, entrevue au cours d'un accès de délire plus aigu, à moins qu'il ne s'agisse d'une destruction plus incisive encore, sous l'effet des drogues et du désenchantement conjugués ?

Lorsque j'avais rencontré Jean, je n'avais pas su démêler ce qui, du chagrin ou de la révolte, avait pu lui donner en quelques années — il pouvait alors avoir trente-cinq ans — l'aspect fourbu que je lui découvrais, cette dévastation qu'il portait sur le visage, cette défaillance fébrile qui faisait croire à chaque instant qu'il allait s'effondrer ou se mettre à hurler. Je n'avais pu me retenir de penser qu'il payait cher la faute qu'il avait commise, quelle qu'elle fût. Car le châtiment infligé par on ne sait quelle justice souterraine l'avait diminué, réduit, rabaissé jusqu'à rendre pitoyable l'homme qu'il était devenu. On aurait dit qu'une peine incompressible n'en finissait pas de s'imposer à lui. Il la purgeait avec une dignité plus ou moins feinte, inutile vanité face à la dureté du traitement. J'avais pensé de lui « cet homme a perdu tout espoir » et pourtant il ne s'était pas encore soumis tout à fait. Il résistait à la chute. Ce qui le maintenait debout n'était pas la confiance en l'avenir, il n'en avait plus, mais la fierté, une sorte d'arrogance étouffée, de cruauté masquée, de hargne presque éteinte. Il s'y accrochait, et c'est ce qui provoquait ses accès de colère — Rose avait un jour évoqué ces crises —, une fureur

25

qui, lorsqu'elle éclatait le rendait méchant, et acharné. Il frappait alors au hasard, et les coups qu'il donnait en aveugle, il les recevait souvent lui-même. Car à qui d'autre s'en prendre, en effet ?

Jean représentait pour moi ce genre d'homme que l'on ne peut approcher réellement. Ils vous restent toujours étrangers. Il y a en eux une telle faille et la blessure inguérissable qui les tient à l'écart vous éloigne si bien d'eux que vous ne pouvez espérer les rejoindre. Et pourtant j'aurais aimé en apprendre plus, comprendre ce qui en si peu de temps l'avait abîmé au point qu'il paraissait huit bonnes années de plus que Rose, quand je savais qu'ils avaient tous deux le même âge. Par quelque ridicule prétention, j'aurais voulu tenter quelque chose, l'aider, lui tendre la main. Je me rendais bien compte du dérisoire de cet élan, mais c'est pourtant ce que j'avais éprouvé, un mouvement de compassion, un de ces gestes réflexes qui vous viennent lorsque devant vous un homme va se noyer ou qu'un enfant tombe dans la rue, au milieu de la chaussée... Le soutenir, lui assurer que rien n'était perdu. Et tout en goûtant l'amertume d'un sentiment aussi vain, je prenais conscience à la fois de la disproportion établie dès l'abord entre nous. Il prenait à mes yeux des allures de géant, de personnage distingué par le destin qu'une grandeur avait touché, même si cette dimension s'ancrait dans l'abjection, et la ruine. Sa beauté froissée lui donnait un supplément de force, curieusement. Que la vie ait frappé cet homme faisait peine, plus encore que s'il avait été disgracié, car on ressentait dans cette agression comme une injustice. Pourquoi en effet détruire ainsi ce que l'on a si bien façonné ?

Au fond, je m'étais senti blessé de découvrir que Jean, dont Rose m'avait parlé maintes fois, était ce personnage si peu ordinaire, si supérieur à moi d'une certaine façon. Cela m'avait chiffonné, par quelque obscure vanité qui me donnait envie des choses et des gens qui me fascinaient. J'avais en apparence quantité d'atouts qu'il avait perdus depuis longtemps, mais je concevais aisément combien sa troublante nature pouvait présenter d'attraits face à ma normalité, mon équilibre. Je m'étais senti soudain terriblement banal. J'en avais conçu un peu de dépit et cela m'avait aidé certainement à réduire la forte impression qu'il avait produite sur moi, à la transformer en une compassion vaguement condescendante, « pauvre garçon, avais-je fini par me dire, la chance a salement tourné pour lui ».

Et voilà que Jean revenait sur le devant de la scène avec, une fois de plus, l'avantage incontestable — macabre avantage cette fois — de l'excès. A lui ne pouvaient échoir que des situations extrêmes, il n'était pas du genre à se contenter de demi-mesures, et l'annonce de sa mort me surprit à peine. Ma première réaction fut de baisser les yeux, d'éviter le regard de Rose, puis je relevai la tête vers elle qui me considérait, dominant son émotion. Je lui souris et esquissai une sorte de grimace, une moue fataliste et inspirée qui ne signifiait rien, mais qui m'évitait de parler, car je n'aurais pas su quoi dire.

— Je crois qu'il vaut mieux que je t'explique tout depuis le début, dit Rose.

JEAN

1

Comment cela avait commencé, le souvenir
s'en était allé peu à peu, jusqu'à former une
tache floue dans sa mémoire. Comment il avait
connu Piazzo, par exemple, Jean n'aurait su le
dire. Il se rappelait lui avoir rendu service, peu
de temps après leur rencontre, mais ce passé
disparaissait plus encore que les faits spora-
diques auxquels il se raccrochait parfois pour
mieux s'assurer du présent, s'enfuyait tel un
monde englouti, plongé dans un halo sombre,
une nuit étrange d'où ne perçaient que de
chiches lumières. Mais qu'importe...

S'en était suivie entre Piazzo et lui une
curieuse relation où entrait autant de méfiance
que de dépendance mutuelle. Piazzo n'avait que
peu de prise sur Jean. Bien sûr il le payait, mais
cela comptait à peine, car Jean n'avait pas vraiment besoin de cet argent. Il devait bien pourtant trouver quelque chose à gagner à l'affaire,

se disait Piazzo, mais le gros bonhomme se demandait quoi. Par quel mystérieux cheminement un type tel que Jean avait-il accepté, pour d'autres raisons que financières, de devenir tueur à gages ? Cela dépassait l'imagination limitée du patron et dérangeait les rudiments de psychologie qui lui servaient d'ordinaire à juger les autres. Deux ou trois catégories lui suffisaient à classer ceux qui se présentaient à sa vue — en tant que cibles, bien entendu —, il s'agissait d'ailleurs souvent du même profil de clients, intervenants classiques des histoires de meurtres crapuleux : politiques, mafieux de la drogue, hommes d'affaires à comptes bancaires déguisés, gros entrepreneurs, intermédiaires de tout poil. Piazzo ne donnait pas dans le règlement de comptes domestique ou sentimental et cette subtile restriction lui tenait lieu de principes moraux.

Non seulement il ne comprenait pas les motivations de Jean, mais il ne comprenait pas non plus son comportement, sa façon de parler — ou plutôt de se taire —, son maintien, ses goûts, enfin tout ce que la nature même de sa personnalité comprenait de différence et d'incompatibilité avec ce qu'il rencontrait d'ordinaire. Et cela aurait laissé Piazzo parfaitement indifférent s'il n'avait été conscient de la supériorité d'un homme qui, à ses yeux soupçonneux, en agissant pour des raisons qui lui demeuraient obscures, restait dangereux. C'était précisément ce qui le gênait tant, quand il aurait aimé resserrer le lien avec Jean de sorte qu'il ne subsistât plus entre eux cet espace flottant, cette distance qui l'empêchait de « tenir » son complice comme il le souhaitait. Pourtant, il se rendait bien compte que cet élément même offrait à Jean une qualité presque irremplaçable, car le fait qu'il acceptât de travailler pour lui sans que l'argent fût sa principale motivation apportait à sa collaboration une tonalité plus précieuse. Cela en faisait presque un partenaire, un associé, que Piazzo ne se résolvait pas toutefois à accepter, tant le tourmentait le fossé qui les séparait et autour duquel il tournait, tel un chat hésitant devant un ruisseau. Dans son avidité à saisir un profit, Piazzo renâclait cependant à abandonner Jean dont il sentait confusément qu'il aurait dû se séparer, ou plutôt — car Jean ne sollicitait jamais rien — cesser de lui confier certains contrats, qu'il imaginait pourtant difficilement proposer à d'autres que lui. Car Jean était un excellent tireur et possédait de plus — Piazzo n'avait jamais su d'où cela lui venait — les qualités de réflexion, de concentration et d'organisation nécessaires à ce type d'action solitaire. Et Dieu sait si le recrutement se révélait difficile : Piazzo, que la prudence incitait parfois à trop de rigueur, ne se décidait pas à prendre de nouveaux contacts et à embaucher, ne fût-ce que le temps d'une affaire. Il employait régulièrement deux ou trois vauriens, de vrais endormeurs des bas-fonds, calmes, froids, à moitié demeurés. À ceux-là, qui lui faisaient presque peur, il confiait les basses œuvres, les petits assassinats de faible envergure, sans grand risque. Il travaillait aussi avec un tueur du milieu, un type très doué, mais que les séjours répétés en quartiers d'isolement avaient rendu tout à fait braque. Il s'était évadé de prison plusieurs fois et ne vivait que dans la peur d'être repris, ce qui le rendait excessivement soupçonneux, et donc très sûr, mais aussi beaucoup trop irritable et imprévisible, ce que ne pouvait se permettre Piazzo dans les affaires les plus délicates.

C'est à Jean qu'échouaient les cas difficiles, les causes réputées impossibles, mais aussi les situations qui exigeaient un doigté particulier, et une certaine élégance. À cela Jean excellait et son allure ravissait Piazzo, qui avait fort peu fréquenté les classes élevées de la société. Or Jean possédait la distinction et les manières, rares dans la profession, des grands bourgeois. Et dans le métier à haut risque qu'exerçait Piazzo, cet exceptionnel statut social, ainsi que le style et la tenue qui allaient avec, constituaient un précieux atout. En sept ans de leur collaboration, Jean ne l'avait jamais déçu. Piazzo admirait sa finesse, son imagination, sa précision. Il jalousait sans se l'avouer ses façons de grand seigneur et nourrissait, dans quelque recoin de son cœur, le désir secret de voir Jean échouer un jour.

Jean n'aimait pas Piazzo, il ne l'estimait pas non plus. Le sentiment qui dominait dans le mélange subtil constituant l'opinion qu'il se faisait de son commanditaire ressemblait le plus souvent à du mépris. Mais un mépris sans conséquence, plus indifférent qu'agressif. Jean n'avait rien à reprocher à Piazzo, simplement très peu à lui dire. Une politesse sans faille lui servait à donner le change. Lorsqu'il était en veine, Jean pouvait se montrer familier, voire agréable. C'est que Piazzo l'amusait par sa sottise et son inculture crasse. Le patron arborait la mise tapageuse des anciens commis de boucherie devenus propriétaires de restaurant et qui s'habillent avec le luxe trop voyant des classes sociales franchies d'un bond. Le gros homme venait des faubourgs parisiens. Il était né à Noisy-le-Sec, quand on l'attendait originaire des Pouilles ou de Naples. Curieusement, il avait acquis plus tard la nationalité américaine, lorsque ses affaires avaient commencé à prospérer. Au moment où Jean l'avait connu, il était déjà citoyen américain et parlait un anglais de série B, agrémenté de force « are you kidding ? » et « all right, man » qui faisaient sourire Jean lorsque par hasard il assistait à une conversation téléphonique dans le bureau de l'avenue Henri-Martin.

L'irréalité du décor dans lequel se passaient leurs rencontres renforçait chez Jean l'illusion d'appartenir à l'univers peu crédible du cinéma, celui des films policiers en noir et blanc qu'il avait avalés en grand nombre dans sa jeunesse. Il retrouvait chez Piazzo la même atmosphère et cela contribuait certainement à brouiller dans son esprit la réalité terrible dans laquelle il s'était engagé et qu'il ne s'expliquait à lui-même qu'à demi.

Piazzo appelait Jean trois ou quatre fois l'an. Il arrivait que les deux hommes ne s'accordent pas sur un point essentiel, et dans ce cas Jean déclinait la proposition, mais lorsqu'ils s'engageaient ensemble, les choses se passaient sans accroc. Car dès qu'il s'agissait d'affaires, Piazzo faisait preuve d'une intuition rare, d'un jugement incisif et d'une faculté de réaction et de décision si rapide que ses concurrents et rivaux restaient généralement loin derrière, le regardant filer, bouche bée, avant même d'avoir compris qu'il fallait réagir. Même Jean admirait son implacable tactique. Le don naturel de

Piazzo résidait là, dans la faculté qu'il avait d'être efficace, sans aucun état d'âme, sans méchanceté non plus, avec juste ce qu'il fallait d'intelligence pour réfléchir sans penser.

Au début, Jean avait agi par conviction, pour servir des idées comme on le déclarait alors et parce que çà et là s'était manifestée la mise en œuvre de théories qui parlaient à son cœur outragé, poussées à terme par leurs adeptes les plus extrémistes, des terroristes des Brigades rouges à ceux d'Action directe. Mais Jean ne concevait pas de s'engager politiquement. Il n'avait aucune foi dans les groupes, quels qu'ils soient, et se méfiait des doctrinaires qui entraînent à leur suite la foule des imbéciles prêts à tout pour déverser la haine qu'ils sécrètent en continu. De son côté, il ne prenait aucun plaisir à tuer et, d'une certaine façon, on aurait même pu dire qu'il n'aimait pas ça. Il se représentait plus volontiers en justicier rebelle et parvenait sur ce point à se leurrer assez en invoquant la profonde perversité de l'espèce humaine, sa nature malfaisante et corrompue, son avilissement permanent, sa cruauté. Que les plus mauvais de cette engeance dégénérée voient leurs jours raccourcis de quelques années ne lui pesait pas le moins du monde. Non que cela lui apportât une réelle satisfaction, mais il avait si bien conscience de la damnation du genre humain dans son ensemble qu'il se félicitait presque d'accélérer le mouvement, la chute générale ne pouvant qu'en être facilitée. En cela il ne faisait que suivre la logique de son raisonnement, « puisqu'on ne pouvait trouver aucun sens à l'ordre du monde, autant ajouter sciemment à sa confusion... ».

Peu à peu toutefois, insensiblement, il avait abandonné la vigilance des premiers temps. Il ne se souciait plus désormais que les causes fussent justes et faisait confiance à Piazzo pour lui adresser de bons spécimens issus du moule qu'on aurait pu étiqueter « salopards-fumiers-ordures » si Jean n'y avait fait glisser bientôt chaque individu, aussi peu suspect soit-il en apparence. Par moments au contraire, il oubliait tout grief et ne se concentrait que sur l'action elle-même, qu'il soignait avec une particulière attention, essayant de rendre abstraite cette notion si présente qui le rattrapait dès qu'il touchait à la vie et le renvoyait immanquablement à sa propre existence. Jean développait avant et surtout bien après l'instant du crime, durant des semaines parfois, les arguments non plus intellectuels mais purement intérieurs, physiologiques aurait-il dit, qui permettaient à un homme tel que lui d'atténuer le sentiment de faute, de déprécier dans sa propre conscience l'acte qu'il avait commis à l'instar d'un autre animal, ou mieux encore, d'un cataclysme naturel, cyclone, raz de marée ou tremblement de terre qui, comme chacun le sait, sont les plus grands meurtriers de l'espèce humaine. Était-il plus juste, plus appréciable, plus supportable, de périr dans un coup de vent que de la main d'un congénère, l'intention de l'avalanche ou de la rivière débordante pouvait-elle être aussi facilement réduite à néant, que savait-on de la cruauté des volcans, allait-on cesser bientôt de considérer la mort comme odieuse ? L'impossibilité pour Jean de démêler ces questions épuisantes, loin de le décourager tout à fait, le rendait perfectionniste, maniaque presque. Il se laissait envoûter par le geste accompli, par cet œil qui le happait lentement, l'aspirait vers le gouffre, semblable au viseur numérique de son fusil Remington à lunette, qui le tirait loin de lui-même et l'enfermait dans un univers clos où le mouvement et la vie avaient de moins en moins de place.

Ainsi Jean était-il devenu un assassin de haut vol, un tueur de grande classe à la réputation sûrement établie parmi les gens du milieu, mais que bien peu d'entre eux — pour ne pas dire aucun — avaient eu l'occasion de croiser. Car Jean vivait à côté du crime, à l'instar de ces aristocrates blasés qui oublient de jouir de leur fortune, par lassitude ou par ennui. Il se jugeait lui-même si profondément revenu de tout qu'il considérait sa vie comme un néant préliminaire, une antichambre du vide bien plus grand qui viendrait un jour le délivrer. Il avait renoncé, il était presque éteint, ridicule survivant d'une farce absurde qu'il haïssait, quand par mégarde il s'autorisait à penser à lui. Il occupait son temps comme le font les vrais oisifs, sans passion ni marotte. Aucune de ces obsessions qui viennent distraire le plus grand nombre ne le visitait, pas de sport, pas de collection, pas de béguin particulier pour les objets, pas d'amour des jardins, pas de fol intérêt pour les sciences occultes, pas d'attirance pour le jeu. Il demeurait étranger à tout engouement et se contentait, entre chaque période de travail, de laisser couler les heures et glisser les jours les uns sur les autres, sans chercher à retenir les instants qui filaient, d'autant plus vite que pas un geste de sa part ne les conservait et qu'ils n'étaient fixés par aucun souvenir particulier. Les mois passaient ainsi, sans que rien se produisît de remarquable. Jean n'aurait su les distinguer, dire « en novembre j'ai fait cela, en mars je suis allé là, en août il m'est arrivé ceci ».

L'ennui est un sentiment tout relatif, à la même inaction ne correspond pas toujours pareille mélancolie. Jean alternait, en phases irrégulières, des crises de dégoût profond et des plages de résignation presque joyeuse. Son humeur suivait le cours imprévisible et chaotique des rythmes intérieurs au gré desquels viennent l'abattement, puis la gaieté, de nouveau le découragement suivi sans raison d'un absurde enthousiasme, souvent lui-même de courte durée. Aussi quand Jean recevait l'appel de Piazzo, le téléphone résonnait-il parfois comme une mélodie suave, un chant de sirène auquel on ne peut résister, prêt que l'on se trouve à faire cesser la douleur de l'indécision, et l'ennui si pesant.

C'est ainsi qu'un matin de mars, Jean repartit du bureau de Piazzo en sifflotant, ravi d'avoir été interrompu dans son ruminement maussade. Il était question cette fois d'un attentat classique, plutôt facile, simple à préparer et sans risque majeur. Un client sérieux, mais à l'emploi du temps bien réglé, qui allait s'envoler sans mot dire, fermer les yeux sans avoir le loisir de comprendre.

Il était encore tôt et le soleil perçait faiblement à travers les nuages. Mars montrait patte grise, il faisait froid, mais Jean eut envie de s'attarder dehors. Il descendit du bus au Troca-

41

déro et s'engagea dans l'avenue du Président-Wilson. Devant le musée d'Art moderne, un petit groupe d'étudiantes attendaient l'ouverture des portes. La tour Eiffel baignait tout entière dans la brume et le parvis des palais de Tokyo et de la Chine ressemblait à une grande flaque de lait. Jean s'avança sur les marches et gagna le parapet de la terrasse. Il s'y assit, puis s'allongea en rabattant sur ses jambes les pans de son manteau. Le ciel au-dessus de sa tête charriait des masses informes de nuées sans couleur. Le bruit des voitures roulant sur le quai montait jusqu'à lui. Il alluma une cigarette et laissa ses sens absorber ce qui leur venait du dehors : l'odeur froide de l'air légèrement acide, le ronflement à la fois proche et flou de la circulation, le blanc grisé du ciel et sa consistance impalpable, les rires des étudiantes, la dureté glacée du marbre sous son dos, les volutes de fumée qui sortaient de sa bouche et se déroulaient sur le fond clair du jour brumeux.

Il respirait régulièrement, en larges inspirations, limitant sa concentration à cette absorption de sensations qui éclipsaient toutes les autres, évacuaient la réflexion, ouvraient de larges brèches où s'engouffrait un vide diffus, un fouillis d'images informelles, de songes à peine formulés, de pensées embryonnaires qui se délitaient avant même d'avoir éclos à sa conscience. Une torpeur l'envahissait, non pas tout à fait douce et bienfaisante, plutôt un engourdissement, une lente mort par le froid, dont on dit qu'elle est la plus clémente entre toutes. Parvenu à l'état de corps sensible, sans presque plus de relais cérébral, il flottait dans les limbes d'une dimension intermédiaire dont on ne sait jamais de quel monde elle est le prologue, de l'enfer ou du paradis.

Cette apnée de l'esprit procure à Jean l'effet d'un évanouissement conscient, qu'il utilise à la manière des yogis pour ensuite retrouver sa concentration. Il vide ses poumons en une longue expiration, prolongée, reconduite, venue des plus lointaines bronchioles dont il expulse les dernières bribes de gaz, puis brusquement, d'un vif mouvement de ressort, il se redresse et assis sur le parapet, les jambes pendant dans le vide, il rassemble d'un coup toutes ses facultés. À ce moment précis, il est prêt à penser. Il quitte la rambarde, traverse le parvis en sens inverse et reprend l'avenue jusqu'à la place d'Iéna. Personne à l'arrêt du bus. On est mardi. « Mardi de mars », murmure Jean en souriant à son reflet dans le plexiglas de l'abri, « un bon jour pour les guerriers ». Au-delà de la vitre, un regard accroche le sien. C'est celui d'un Indien, qui depuis une affiche à la porte d'une vitrine le fixe, droit dans les yeux. L'affiche est longue, étroite, dans le bas on lit *Musée de l'Homme*, inscrit en caractères rouges. Sans sourire, sans aucun sentiment perceptible, l'Indien le regarde. La beauté de son visage en noir et blanc, l'équilibre de sa plume perchée en biais sur le haut de son crâne, l'arcade sourcilière dessinée, comme soulignée par un mince filet de sang sombre qui vient presque entourer l'œil, les boucles d'oreilles et les nombreux colliers, la bouche sensuelle, la force contenue et son imperméabilité, tout cela crie vers Jean, qui ne se détache plus de l'image. C'est l'autobus qui l'arrache à son enracinement. Jusqu'à l'Alma le regard le poursuit, à la Concorde il persiste encore, puis c'est la photo tout entière qui ressurgit, par flashes. Jean rentre chez lui à la hâte, il court presque sur le boulevard, monte les escaliers quatre à quatre, se rue sur la porte. Son travail d'Apache a commencé.

Il n'est pas particulièrement difficile de tuer un homme. Un menu geste de l'index, mobilisant tout au plus une quinzaine de petits muscles et une seule traction — légère — des muscles longs du bras et c'en est fait. La contrainte véritable réside dans la capacité à dominer la résistance que chaque être humain oppose, sinon naturellement, du moins de manière acquise, dès lors qu'il s'agit de passer outre à la plus universelle des paroles du décalogue. Mais une fois cet obstacle franchi, le reste n'est plus qu'une question d'organisation... Ce à quoi Jean s'entendait parfaitement, car il avait rodé une méthode singulièrement efficace, et redoutable de précision froide.

Rien pourtant cette fois-ci ne se déroula comme prévu. Sa proie lui échappa et, ce qui non seulement ne s'était jamais produit mais jusqu'à présent paraissait inconcevable, on le poursuivit avec assez d'acharnement pour qu'il se dévoile à ses ennemis. Jean évita de justesse la balle qu'il entendit siffler près de son cou, il n'eut d'autre choix que de continuer à courir, puis d'opérer, à peine conscient, avant d'abandonner son arme trop lourde, une volte-face qui dérouta suffisamment celui qui le talonnait pour lui permettre, en une fraction de seconde, de modifier la trajectoire de sa fuite. Il parvint à rejoindre, dans un suprême effort de ses jambes, qui ne le portaient presque plus, une avenue plus fréquentée dont la circulation couvrit bientôt sa retraite. Dans l'heure qui suivit, Jean prit contact avec Piazzo, lequel considéra l'incident trop minime pour être en personne inquiété, assez sérieux toutefois pour qu'il s'occupe lui-même de la fuite de Jean. Piazzo ne prenait jamais de risques. Un autre que Jean aurait fini

pour ce faux pas dans une arrière-cour, la tête
trouée de deux balles. Mais le gros bandit tenait
à son tueur d'élite, autant qu'il tenait à l'homme
mystérieux dont il n'avait jamais percé le secret,
et dont la supériorité manifeste l'exaspérait,
depuis des années. Enfin l'occasion lui était
donnée de faire de Jean son débiteur : il l'expédia sur-le-champ à près de cinq mille kilomètres
de chez lui, dans une propriété qu'il possédait
au Nouveau-Mexique.

2

Mars s'achevait à peine lorsque Jean débarqua sur l'aéroport d'Albuquerque. Un vent sec et tiède, chargé de poussière, lui souffla au visage dès le seuil des portes vitrées. Un homme l'attendait, qui était venu le chercher. Jean monta dans la voiture, un gros 4 × 4 rouge à plateau, flambant neuf. Ils prirent la direction du sud, par la route n° 25. *Pan American Central Highway*, indiquaient les panneaux par endroits. Jean somnolait, les yeux mi-clos, le décalage horaire le rattrapait. Ils roulèrent longtemps (une ou deux heures ? cela paraissait interminable) et lorsque la voiture freina soudain, Jean sursauta — il s'était endormi — et ce qu'il vit lui parut à la fois inconnu et familier, comme la soudaine apparition d'une image longtemps caressée, regardée avec les yeux de l'enfance, dont on finit par croire qu'on en a vu les trois dimensions, inscrites dans la réalité tellement on a voyagé en pensée à travers elle. Sur fond de terre sèche, jaunâtre, une baraque en bois s'élevait, qui ressemblait à une sorte de relais de poste rafistolé, tel qu'en montrent les westerns, d'aspect extérieur déglingué et qu'ornaient sur le devant trois pompes à essence dépareillées, point de repère d'une modernité relative mais suffisante pour situer le bâtiment dans un semblant de présent.

Jean rattrapa le chauffeur à l'intérieur : la boutique tenait lieu de bar, d'épicerie-droguerie, d'autre chose encore assurément tant il y avait de bric-à-brac entassé partout, une musique mexicaine s'échappait d'un poste de radio poussiéreux et la serveuse, une fille brune en jean et T-shirt Batman, apportait des bières aux clients qui occupaient les trois tables installées sous un auvent de bois. Jean crut un instant qu'ils avaient passé la frontière pendant son sommeil, mais il comprit que non, à quelques petits signes familiers parvenus jusque-là depuis les villes que seules il connaissait, et dont il aimait le tumulte et la dimension — les hauts buildings, l'éclat des tours de verre de Chicago, les rues crasseuses à voyous de New York, les jardins magnifiques de la Nouvelle-Angleterre, les allées trop larges et souvent dépeuplées de Washington —, à de menus détails irréfutables et qui paraissaient lui faire signe à lui, Jean, personnellement, en dignes représentants de tous ces clichés que chacun trimballe en soi de l'Amérique, parfois vrais, plus souvent hérités de la part de rêve attachée à ce continent surinvesti. Même ici, dans un lieu sorti tout droit de l'imagerie à peine crédible des studios de Tombstone, c'était encore l'univers décoré de la Conquête, l'installation précaire et durable à la fois, les pionniers, les types assis en salopettes de jean repoussant d'une main leur chapeau en arrière, l'odeur de gas-oil, les camions dehors qui attendaient, grosses bêtes assoupies, l'air autour des tôles vibrant dans la lumière déjà dure de la mi-journée, les accents impossibles, les chemises à carreaux, l'Ouest...

Jean se sentait, au gré de la fatigue et du dépaysement, bercé par une douceur oubliée, s'abandonnant à une situation sur laquelle il n'avait aucune prise et, contre toute attente, s'en réjouissant à la manière des enfants qu'on embarque pour une longue randonnée à vélo et qui, ficelés tout le jour sur le porte-bagages, dodelinent de la tête sans jamais se plaindre, le regard perdu, confiants. Alors qu'il n'avait plus voyagé depuis des années, qu'il n'avait plus désiré connaître d'autres cieux, enfermé qu'il était dans son entreprise de rétractation en lui-même, enclos dans la ville où prenaient place ses méfaits, Jean entendait soudain monter en lui le

pétillement du plaisir, étrange plaisir que celui
de se laisser aller à la seule vision, au seul odo-
rat, à l'ouïe et aux sens élémentaires de la
découverte, mêlé de stupéfaction et d'une certaine appréhension dans ce que présentent
d'incontrôlable les perceptions nouvelles, surtout lorsqu'il nous semble les reconnaître.

La maison de Piazzo ressemblait à l'hacienda
de Don Diego de la Vega, le Zorro des feuille-
tons. La même, en miniature, avec des murs
blanchis à la chaux et des poutres au plafond,
des ouvertures de portes irrégulièrement arron-
dies et de petites fenêtres. Le terrain qui
l'entourait, en revanche, était immense. À perte
de vue la terre s'étendait, hérissée de cactus et
d'arbustes chétifs. La propriété se situait à une
centaine de kilomètres de Truth or Conse-
quences — lorsqu'ils avaient franchi le panneau
d'entrée dans la ville, Jean avait éclaté de rire et
depuis il cherchait à imaginer de quelles consé-
quences il pouvait bien s'agir —, perdue au
milieu d'une région déserte... Un chemin
cabossé y menait, que rien n'indiquait, et depuis
la maison on ne voyait pas la route. Le premier
village se trouvait à plus de vingt miles. C'est ce
que le chauffeur, qui précisa alors qu'il le quittait s'appeler Mark, crut utile de mentionner à
Jean en lui serrant la main. Dès qu'il fut parti,

Jean prit brusquement conscience qu'il ne lui avait laissé aucune consigne, aucune marche à suivre, pas même un numéro de téléphone où le joindre, rien... Il tenta d'appeler Paris, mais il ne connaissait pas le préfixe d'accès à l'international! Jean s'aperçut dans le même temps qu'il ne connaissait pas le numéro d'appel de son propre poste, pas plus qu'il ne savait comment joindre l'opérateur... Pour téléphoner à qui, d'ailleurs? Le côté absurde de la situation ne lui échappa plus sitôt qu'il fut assis, dans le silence et la solitude de la maison, tournant la tête de part et d'autre pour embrasser l'espace environnant, hébété et amusé à la fois, refusant l'accès à l'expression de la pensée qui se formait dans son esprit et qu'il repoussait aux marges des zones où elle prenait naissance, et qui, s'il l'avait laissée aborder ses lèvres, aurait pris la forme simple d'un « mais qu'est-ce que je fous ici? », suivie sans doute d'un soupir prolongé ou d'un rire nerveux, selon. Jean entreprit d'explorer la maison, entra dans toutes les pièces, y fit la lumière, ouvrit des placards, tira des stores, remua quelques livres alignés sur d'étroits rayonnages, inspecta la cuisine qu'il découvrit garnie de conserves et de plats surgelés, de boissons, de glace, le tout entreposé dans un énorme réfrigérateur à étages, les plus frigorifiants par-dessus les compartiments classiques à coca-cola

et fromage sous vide, bacon, œufs, sauces bar-
becue et Worcester, etc., pain sucré et bière Dos
Equis en boîtes. Rien ne manquait et pourtant
tout baignait dans une drôle d'atmosphère,
irréelle, comme si aucun des objets présents ne
se trouvait là vraiment, comme si le temps
s'était assoupi et avait ralenti sa course l'instant
d'un basculement dans un autre repère, beaucoup plus sensible et exacerbé, inquiétant soudain. Jean regarda sa montre, elle marquait huit
heures. Du matin ? Du soir ? Combien d'heures
devait-on ajouter, à moins qu'il ne faille au
contraire les retrancher ? Quelle heure était-il,
ici ? Jean sortit sur la terrasse, un petit « deck »
en bois clair lessivé couvert d'un toit de
poutres, exposé à l'ouest. Il jeta un regard alentour. Le terrain n'était pas à proprement parler
désertique, mais le paysage révélait une terre
touchée par un mélange de sécheresse et d'austérité, proche du dénuement. Un sol caillou-
teux, pulvérulent par endroits, gris et ocre pâle,
quelques arbustes tout en tiges et des cactus,
plusieurs variétés de cactus aux teintes de vert
argenté. La plaine rejoignait des collines dont
les contours se perdaient dans le ciel brouillé, la
lumière n'était pas très belle, à cause de la chaleur peut-être, plus loin on devinait des montagnes. Jean secouait la tête tout en contemplant
ce qui aurait pu apparaître à un autre comme un

désastre, prenant la mesure de l'espace déroulé devant lui, du ciel posé sur la terre infinie, du lointain. Pour du lointain, c'en était tout à fait, on ne pouvait rêver d'être plus loin de tout, rien alentour ne se distinguait qui pût faire penser à une construction, à une trace de vie, fût-elle différente, pas de ferme, pas de village indien — « je délire », pensait Jean —, pas la moindre perturbation du silence et de la lourdeur de l'air chaud, pas le moindre déplacement, un calme parfait, une absence de toute transformation, la tranquillité absolue, presque oppressante. Jean n'attendit pas la nuit pour se coucher, autant parce qu'il tombait de fatigue que pour échapper à cette heure du soir où les ombres s'allongent et où la terre s'endort sous le rideau de ténèbres étendu lentement, demain il serait temps de réfléchir, pour l'instant il ne restait que l'oubli provisoire, dans l'armoire à pharmacie de la salle de bains il trouva même des cachets de somnifère, « quelle idée » pensa-t-il en se laissant choir sur un lit, dans une chambre aux murs peints jusqu'à mi-hauteur en rose orangé.

Il s'éveilla au milieu de la nuit, alla à la fenêtre qu'il ouvrit, au ciel les étoiles se tenaient, tremblotantes et blafardes, il se recoucha, plein d'un sentiment de tranquillité qu'il lui sembla brutalement n'avoir pas éprouvé depuis des années, garda les yeux ouverts quelques instants et se rendormit. Lorsqu'il se leva, quelques heures plus tard, il entendit des bruits qui venaient de la cuisine, enfila un pantalon, fit irruption dans la pièce pour y découvrir une femme qui lui tournait le dos, face à l'évier. Jean toussa, elle sursauta avant de faire volte-face. C'était une dame entre deux âges, aux cheveux noirs et raides, tirés vers l'arrière en chignon, forte, plutôt petite. Dans son visage large et arrondi, ses yeux souriaient, vert clair — ou gris, Jean ne distinguait pas la nuance dans le contre-jour, mais cette teinte claire surprenait en contraste avec sa peau mate, presque brune. Elle parla dans un anglais très rudimentaire, Jean lui répondit en espagnol, un sourire fendit sa bouche et elle expliqua qu'elle était chargée de s'occuper de la maison pendant son séjour, il n'avait qu'à lui demander ce dont il avait besoin, elle serait s'il le fallait tous les matins à sa disposition. Du café finissait de passer, elle lui en servit un bol que Jean alla boire sur le deck, face au terrain vierge qui partait directement de la plate-forme où il se tenait, sans transition, pas même un petit intermède de jardin cultivé ne séparait l'habitation du sol naturel. Jean rentra pour demander l'heure à la femme, et son prénom par la même occasion, elle dit Dolorès et *las nuevas... de la mañana*, Jean ajusta sa montre et fit couler un bain, il était temps de réfléchir à la suite de ses vacances.

Dans les jours qui suivirent, Jean se réveillait en pleine nuit, à trois ou quatre heures du matin, à cause du décalage horaire. Il traînait dans la maison jusqu'à l'aube. Il profita de ses insomnies pour fouiller systématiquement la résidence, ne trouva rien qui puisse lui être d'un quelconque secours dans sa lutte amorcée contre la solitude, très peu de livres, quelques revues sans intérêt, des jeux de cartes, des balles de ping-pong ainsi qu'une table pliante dont le petit filet était déchiré, des boîtes de cigares vides, encore parfumées. Dès que le jour se levait, vers six heures et demie, il sortait, partait à pied dans la lande desséchée. « Déshérité », c'était le mot qui lui venait à l'esprit lorsque arrêté sur la plaine, debout, il observait les alentours, ne trouvant pas même un coin un peu accueillant où s'installer pour contempler l'aurore qu'il regardait se déployer en marchant, trébuchant de temps en temps sur un rocher plus gros, s'écartant prudemment des cactus, évitant de passer trop près des épineux. L'endroit ressemblait, par la précaution qu'il induisait chez le visiteur, à un terrain miné. Jean ne s'y sentait pas vraiment à l'aise, non qu'il craignît quelque danger particulier, mais il n'y trouvait qu'indifférence de la part d'une nature chiche, revêche, qui dispensait à l'encontre des êtres vivants plus de sévérité que de bienfaisance. Ses faveurs extrêmes n'excédaient pas la tolérance, et encore cette acceptation se trouvait-elle empreinte de condescendance. Jean s'y aventurait avec circonspection, sans renoncer toutefois à ces sorties matinales qui s'apparentaient plus à une tentative d'apprivoisement vouée dès l'abord à l'échec qu'à un réel plaisir. Il passait ainsi une ou deux heures à tourner en rond, sans trop savoir ce qu'il faisait exactement, observant d'un œil critique les longs piquants de certains cactus à raquettes allongées, levant le nez vers d'improbables promeneurs à croiser, avec qui engager une conversation banale et satisfaisante — « quel beau temps, n'est-ce pas ? se peut-il que jamais cela ne varie, c'est un peu monotone à la fin » —, finissant par rentrer, prêt à entretenir Dolorès sur la température des nuits et des jours, la montée de la sécheresse, il était devenu capable de bavarder sur n'importe quel sujet commun et se délectait des réponses invariables de la Mexicaine — « oui monsieur, c'est vrai », acquiesçait-elle en élargissant encore son sourire. Le reste de la journée Jean le passait à dormir, à lire des illustrés qu'il avait sortis d'une armoire, vieux de trente ans, tout défraîchis et d'autant plus amusants qu'ils reprenaient le graphisme des magazines de sa propre enfance, à boire des Dos Equis sur le deck, les pieds appuyés contre la rambarde, l'esprit s'égarant dans d'imprécises rêveries, de plus en plus creuses à mesure que l'inaction se faisait pesante. Le soir les cieux s'embrasaient et couvraient la terre d'une nappe de cuivre liquide. Jean attendait depuis le matin cette heure du jour où le sol prenait feu. Les crépuscules le terrassaient de leur grandeur et il les contemplait, sidéré, debout face au couchant sur le perron de bois jusqu'à extinction totale de l'incendie, pour se retrouver ensuite plongé, à la nuit tombée, dans une telle mélancolie qu'il restait longtemps à scruter le ciel sombre, bien après l'apparition des premières étoiles. Seul le cri des coyotes trouait certains soirs le silence, dans le lointain. Un camion parfois faisait vibrer l'air de son rugissement sourd, répercuté depuis la route, à deux ou trois miles au sud de la propriété. Malgré le calme — ou peut-être à cause du trop grand calme qui pesait — Jean n'avait pas encore relâché son attention, il ne faisait rien de particulier, mais restait en alerte, prêt à réagir. À quoi, il n'aurait su le dire et même consciemment devait-il être assuré d'échapper dans cet endroit au moindre risque, mais il demeurait en alerte légère et constante, en vertu des réflexes parisiens qu'il avait si bien intégrés, à l'égal de méfiances innées, qu'ils étaient devenus une sorte de seconde nature, dont il ne se départissait que difficilement.

Il lui fallut plusieurs jours avant de se décider à prendre la voiture. Dans la cour était garée une vieille Ford, un modèle 87 aux lignes allongées, spacieuse et large, aplatie sur le sol, les chromes piquetés et la carrosserie en piètre état. Mark lui avait laissé les clefs, mais curieusement, Jean avait hésité jusque-là à se servir de l'auto. Une sorte de réticence l'empêchait de se détendre tout à fait quant à ses déplacements dans l'espace. Sans doute s'était-il considéré, à cause de la fermeté et de la rapidité avec lesquelles Piazzo l'avait expédié ici, comme une sorte de prisonnier, d'assigné à demeure plutôt. Une résidence surveillée, voilà ce qu'il avait compris confusément. Mais personne ne le surveillait, personne ne se souciait de lui. Même Mark n'était pas reparu. Il se trouvait seul, à des milliers de kilomètres de ceux qui pouvaient vouloir sa peau, à des années-lumière de la vie des grandes villes, loin de tout risque, loin de toute émotion, loin de sa propre vie. À portée de main pourtant il disposait d'un territoire immense, presque vide en apparence. De la maison il voyait les montagnes qui s'élevaient après la succession des collines, et des forêts au loin, dont les petits arbres espacés formaient comme un piquetis vert clair sur le sol sableux.

Il eut quelque peine à faire démarrer la Ford, mais après une série de crachotements de mauvais augure, le moteur se reprit et ronfla bientôt d'un ton grincheux, suffisamment régulier. Sur la piste qui menait à la route goudronnée, Jean croisa la Chrysler de Dolorès. Elle fut si surprise de l'apercevoir au volant qu'elle ne réagit pas tout de suite. Lorsque enfin elle leva le bras à travers la vitre grande ouverte, Jean avait déjà dépassé sa voiture. Il distingua son geste dans le rétroviseur, au travers d'un nuage de poussière. Il monta sur la route un peu trop vite, la piste prenait fin en une sorte de marche sur laquelle les amortisseurs vinrent taper bruyamment. Jean poussa un grognement en riant à moitié. Il lança la voiture sur le bitume, à fond, puis il chercha sur la radio de bord une station. Un vieux refrain de Ten Years After perça dans le brouhaha des réclames et des jingles. Jean bloqua le bouton et augmenta le volume. Alvin Lee se traînait un peu, comparé à son habitude effrénée. Il chantait « *I'm going home* ». Jean sourit.

Il se réjouit soudain à la pensée de son séjour forcé en Amérique, au fond cela lui convenait assez bien. Le long de la route les grands cactus-cierges tendaient les bras et des arbustes qui ressemblaient à de petits acacias fleurissaient en jaune anis. Une atmosphère de western s'esquissait, faite cette fois de véritables sensations, l'odeur de la poussière, la chaleur qui monte, le silence, la pureté du ciel... L'auto apportait soudain au paysage sa dimension humaine, elle s'adaptait mieux qu'aucun animal, se déplaçait avec aisance, filait sur la route quasi déserte. Solidaire du bitume, elle traçait son chemin sans état d'âme, laissant au conducteur le champ ouvert au relâchement de son attention. Jean sentait son corps se délier, ses muscles s'alanguir. Ses nerfs se calmaient, cessaient d'être aux aguets, ses sens se mettaient au repos doucement, l'un après l'autre, ne goûtant plus que le plaisir de la réception amortie sans ressentir l'agacement que cause parfois une trop grande acuité. Rouler l'apaisait, lui apportait l'élément relaxant qui lui avait manqué depuis son arrivée, la voiture lui faisait l'effet d'un équipage anesthésiant qui l'entraînait enfin vers des sérénités oubliées. Il retrouvait le goût de la conduite, mais au plaisir résurgent s'ajoutait une composante inattendue, celle de l'adéquation du véhicule à son cadre de circulation. Tout cela collait parfaitement, la Ford, la route droite, le paysage alentour et par-dessus le ciel d'un bleu limpide formaient un tableau qui ne heurtait pas l'œil, qui « tenait » — comme on dit d'une composition — par son équilibre et son harmonie.

Bientôt les premières maisons de Silver City apparurent. C'était une ville-étape sans charme qui remplissait honnêtement ses fonctions, regroupant les commerces et les services élémentaires à la vie des habitants de la contrée et au confort des voyageurs de passage, ainsi y trouvait-on un supermarché Albertson's, des magasins réunissant parfois arbitrairement vêtements, outils de jardinage, articles de pêche et de camping, sortes de bazars-drogueries sans vocation précise, des garages, des hôtels, des bars et des restaurants rapides, une église et d'anciennes constructions en bois datant de la ruée vers l'or — dans la région on avait aussi creusé pour découvrir des filons d'argent —, à demi délabrées, qui évoquaient irrésistiblement un monde englouti de saloons et de filles en jambes, et dont l'atmosphère de la ville était encore imprégnée, comme un repentir définitif que la modernité du décor ne parvenait pas à effacer. Le fantôme de Butch Cassidy rôdait sur les publicités, Jean apprécia l'aimable transition qui l'accueillait au pays perdu des chercheurs d'or et des bandits de grand chemin, sans doute y avait-il quelque logique à l'installation de Piazzo dans la région... Les alentours ne manquaient pas d'ailleurs de villes-fantômes déser-

61

tées dont quelques affiches recommandaient la visite, se décolorant sur les murs d'une sorte d'office de tourisme où Jean acheta des cartes détaillées de l'Etat et un guide de voyage. Il se sentait dans les meilleures dispositions pour pratiquer ce que vulgairement on appelle du « tourisme », sans doute à cause des tours que vous jouent régulièrement les pays étrangers et les contrées méconnues, et, dans ce que le terme avait de joyeusement décadent aux yeux de Jean, il retrouvait le plaisir de se livrer à une activité très simple qui consiste à se rendre à l'endroit où l'on vous suggère d'aller, et si possible à y admirer ce que l'on vous propose au rang de beauté reconnue. Il fit la route en sens inverse qui le séparait de la maison de Piazzo, dont la propriété — il le lut enfin sur la carte — se rattachait par son emplacement au bourg de Mimbres, un lieu-dit à peine construit, mais dont le nom se retrouvait plusieurs fois, pour désigner entre autres une rivière et des montagnes, à plus de quarante kilomètres à l'est de Silver City.

3

Commencèrent alors pour Jean de vraies vacances. La région qui occupait au sud-ouest un quart de l'État du Nouveau-Mexique — un grand quadrilatère d'environ trois cent cinquante kilomètres de haut sur deux cent vingt de large —, bordée à droite par le Rio Grande qui coulait presque verticalement sur les cartes et à gauche par la frontière avec l'Arizona, tracée à la règle parallèlement, n'était pas la pire villégiature qu'on pût connaître. Le relief, montagneux par endroits, le plus souvent vallonné, avait de ces accidents étonnants qui dévoilent parfois, au moment où l'on s'y attend le moins, d'insoupçonnables surprises. Il faisait presque toujours beau, avec un ciel d'un bleu soutenu, de rares nuages et de plus rares pluies, qui lorsqu'elles s'abattaient prenaient l'allure de mini-déluges provoquant brutales tempêtes, crues et débordements, ainsi le long des routes

pouvait-on lire sur les panneaux des avertissements qui prêtaient à sourire, ATTENTION,
disaient-ils sur fond jaune, FLASH FLOOD, ce qui
par la sonorité même des mots rendait assez
compte de l'inondation éclair annoncée. La plupart du temps, le soleil et la sécheresse régnaient
sans partage. La végétation s'en accommodait
avec une certaine élégance et l'immense Gila
Forest qui s'étendait des Mogollon Mountains
(dont certains sommets dépassaient dix mille
pieds) au massif de San Mateo, passant par-
dessus la Black Range, une autre chaîne de
montagnes élevées, mélangeait, selon l'altitude,
les saules, les peupliers-trembles, certaines variétés de pins, des arbustes à l'allure de buis ou
d'acacias, de grands agaves et des cactus géants,
des buissons d'herbes drues et de sauges odo-
rantes, quantité de graminées, d'autres plantes
encore, inconnues de Jean, et tout cela à l'infini,
recouvrant plus ou moins sporadiquement les
flancs des collines, des montagnes, se clairse-
mant dans les parties les plus sèches, se disper-
sant alors çà et là pour découvrir la terre pulvé-
rulente, minérale, sans presque aucun humus,
dont on s'étonnait par moments qu'elle pût
produire tant de diverses espèces hérissées,
armées, tendues de toutes leurs tiges ou aiguilles
vers la survie, splendides dans la brûlure du
midi, héroïques.

L'ouverture et la grandeur des paysages donnaient au visiteur la sensation d'une possession plus intense, dans ce qu'il recevait d'absolu, d'illimité. Il y avait peu de routes et c'étaient de petites voies, plutôt étroites, peu fréquentées sentait-on, qui prenaient fin pour certaines au milieu des bois, sans plus de devenir. Parfois même il s'agissait de routes sans goudron, recouvertes de graviers concassés ou de terre rougeâtre, à peine carrossables — c'était le cas pour l'unique et principale route qui coupait la Gila Forest d'est en ouest — et qui rendaient la traversée directe difficile, souvent il fallait contourner, biaiser par d'interminables détours, éviter le cœur. En fait, on n'avait pas le choix...

Bientôt Jean eut parcouru toutes les voies sur lesquelles la Ford pouvait s'aventurer. Il avait envie, de par la frustration qu'imposaient les limites du réseau routier — inimaginables pour un Européen habitué à la pléthore des routes, multiples chemins vicinaux et communaux — d'aller plus loin, de s'enfoncer plus avant dans le territoire austère et grandiose qui le dominait, de forcer les verrous d'un pays qui se refusait, drapé dans une virginité insoutenable que l'homme n'avait pas encore marquée de sa griffe.

Il partit à pied. Il laissait la voiture et empruntait des sentiers de randonnée aménagés çà et là par quelque garde forestier, se perdant vite, se repérant au soleil ou à certaines balises offertes à l'œil par des sommets caractéristiques, des arbres au port intrigant, des rochers. Tout le jour il cheminait ainsi, il avait acheté à Silver City des chaussures de marche et de bons vêtements, solides et légers, une gourde pour emporter de l'eau, un petit rucksack dans lequel transporter quelques provisions, une carte au vingt-cinq millième, une boussole et des jumelles au bout desquelles il regardait voler en rond les vautours fauves et les aigles à tête blanche, quand parfois ils descendaient des montagnes, leurs larges ailes déployées, immobiles dans l'air vibrant.

Jean puisait dans la solitude silencieuse de ces journées une énergie nouvelle, fort différente de celle qu'il avait acquise à Paris avec les années, composée tout entière de maîtrise et de contrôle de soi. Dans les errances que lui offrait un territoire sans finalité humaine, livré à lui-même et s'en accommodant au mieux, Jean retrouvait lui aussi cette liberté de mouvement, de pensée, de sensations oubliée depuis longtemps, éteinte en lui à grands coups de torchon mouillé, mouchée sans cesse lorsqu'elle réapparaissait, asphyxiée peu à peu pour faire place à un calme froid, une exactitude de machine dénuée d'état d'âme, une précision d'automate.

La saison avançait. Aux aubes fraîches avaient succédé des matins déjà tièdes, que le soleil chauffait dès les premières heures. À peine la température de l'air diminuait-elle pendant la nuit... Jean quittait la maison de plus en plus tôt, afin d'éviter la chaleur. Mais même l'altitude ne suffisait plus à amoindrir la brûlure du soleil. L'ombre était rare, souvent étouffante. En plein soleil il s'agissait encore d'une autre sensation, la piqûre incisive d'une lame chauffée à blanc, puis la lourde pression d'une cuisante accolade. Le soleil se montrait cruel, on aurait dit qu'il voulait blesser tant sa morsure était sèche, distincte. Il fallait attendre le milieu de l'après-midi pour se remettre en route. Il vint à Jean l'idée de camper... Puisque les moments les plus agréables occupaient les extrémités de la journée, autant être sur place pour en profiter, se disait-il. Il mit toutefois un certain temps avant de se lancer, bridé par quelque retenue qui le faisait tourner en dérision sa propre envie. Il jugeait ce brusque retour à une vie de boy-scout plus ou moins ridicule, presque indigne d'un idéal qui, s'il se l'était fixé un jour, à l'image de modèles beaucoup plus cyniques, se diluait depuis si longtemps dans une confusion de pensées et d'arguments que Jean ne parvenait plus à l'exprimer clairement, si bien qu'il ne trouva pas de raison objective à opposer à cette nouvelle lubie. Il campa donc, dans une de ces petites tentes modernes en fibre ultra-légère, qu'il montait en quelques minutes.

La première fois que Jean dormit dehors, le soir prodigua l'un de ces couchers de soleil aux couleurs somptueuses, bouleversant tout le ciel d'instant en instant. Jean se tenait assis contre une large pierre et regardait la voûte si large, peu à peu s'obscurcissant, empruntant les tons les plus soutenus d'une gamme d'incarnats flamboyants, les derniers feux tirant sur le violet. Une à une les constellations s'allumèrent, se détachant sur un fond bleu nuit dont la pureté rappelait certains abysses du Pacifique. La lune éclairait vaguement la clairière où il avait installé son campement, seuls les oiseaux de nuit troublaient le silence de leurs cris sourds. Jean finit par s'allonger à même le sol crissant, la tête appuyée au rocher plat. Il alluma une cigarette et s'appliqua à souffler vers le ciel des ronds de fumée. Tout en suivant la course imperceptible des étoiles, qui brillaient tels de petits signaux dans la nuit, Jean sentait l'engourdissement gagner ses jambes et ses reins, ses mains qu'il avait glissées sous sa nuque. Il frissonna et se leva pour prendre à l'arrière de la Ford une couverture qu'il avait empruntée chez Piazzo. Il attrapa aussi la flasque de whisky qu'il avait glissée dans son sac à dos, s'enroula dans la couverture et sautilla jusqu'à l'endroit où son corps avait déjà creusé le sable. De nouveau allongé, il se mit à boire l'alcool à petites gorgées. Le whisky lui brûla l'œsophage, il sentait la traînée cuisante descendre le long de sa gorge, chauffer son plexus. Il ne savait distinguer, entre la légère inquiétude qui l'encerclait sans qu'il puisse en nommer la raison et l'excitation euphorisante qu'il éprouvait à l'évocation de sa situation, si inusitée, ce qui prenait le pas en lui. Il sentait presque physiquement s'imposer à sa conscience des émotions refoulées qui insistaient pour reparaître, émerger dans son cœur des sensations sans nom, proches de la perception première de l'être vivant, qui se sait vivant, mais sans en expliquer le comment, encore moins le pourquoi. Et ce tumulte venu de ses sens telle une hyperesthésie le perturbait, le rendait à une fragilité oubliée. L'abri du mince tissu de nylon ne le protégea pas, dès lors qu'il fut couché sous sa tente, des frayeurs absurdes qu'inspirait la nuit, mais il finit par s'endormir.

Lorsqu'il s'éveilla, la toile jaune pâle, irisée de soleil, étincelait comme une tenture de métal. Jean cligna des yeux, résigné, se mit sur son séant. Il n'avait pas assez dormi... Il but à la gourde que Dolorès avait remplie de café, la veille. C'était frais, très sucré. Jean fut surpris de la sensation de dénuement dans laquelle il se trouvait soudain, qui laissait place par vagues bousculées et paradoxales à un sentiment de plénitude. Pas de salle de bains, pas de cuisine, pas de feu, pas d'ombre, pas d'abri... Et pourtant le matin était rayonnant, les peurs nocturnes s'étaient évaporées au soleil, rien ne manquait vraiment, rien ne venait distraire par quelque matériel superflu la simplicité du moment. Il y avait là-dedans une évidence... La précarité de sa situation le divertissait soudain par quelque adéquation secrète avec un troisième type d'idéal, celui de la vie, rêvée dans l'enfance, du cow-boy solitaire ou du bandit en fuite qui sait tirer parti de tout. Dans la fruste nature de ce genre d'homme revenu d'on ne sait quel abîme, que plus grand-chose n'atteint et qui ajoute au flegme ironique du baroudeur la raillerie cruelle et le geste brutal de celui qui a souffert de son exigence d'homme insoumis, Jean trouvait une justification soudaine à sa présence ici, associant confusément à la figure de ces héros mythiques celle des pèlerins partis chercher sur les routes une rédemption quelconque, fût-elle misérable. Car dans la rude existence de ces déserteurs du monde se tenait enfouie, derrière l'être violent et sombre, toute la souffrance de l'humain aspirant à un apaisement de son âme, le cœur dévoré par le combat qui se livre en lui, cette lutte immémoriale venue de la nécessité de donner un sens à sa liberté acquise.

Jean, que l'isolement n'effrayait plus depuis longtemps, prit vite plaisir à pratiquer ce genre de vagabondage sauvage. Il s'en allait pour deux ou trois jours, s'installait sur des hauteurs qui dominaient les vallées vers lesquelles coulaient les affluents de la Gila River, nourris au printemps par la fonte des neiges d'altitude, faisait du feu, préparait du café, marchait toute la matinée, dormant parfois l'après-midi, à même le sol dont il dégageait les pierres jusqu'à mettre à nu la poussière ou le sable, cherchait à l'heure où la lumière descend un nouveau point de vue devant lequel planter sa tente, face à un paysage presque hostile à force d'aridité, parfois repartant à pied jusqu'à la nuit, dans la lumière rouge du soir éblouissant. Le temps perdait de sa réalité, trois jours en paraissaient treize, les heures s'étiraient dans une texture identique, difficile à pénétrer, comme envoûtante. La nature qui l'entourait était-elle belle ? Jean n'aurait su le dire, devant les étendues couvertes de cactus, d'arbres maigres et de buissons desséchés qui se succédaient parfois à perte de vue. Cela ressemblait tout autant à un royaume des morts qu'à une terre jadis peuplée, à un vaste désert de pénitence et d'expiation. « J'expie, se disait Jean, je vais expier ici l'acte que je n'ai pas perpétré. » Et il éclatait de rire... Mais il restait certains soirs abasourdi par la mesure de sa solitude. Pourquoi ne rencontrait-il personne en ces lieux ? Qu'étaient devenus les habitants, en existait-il seulement, autres que ces gros lézards tachés et lisses comme des salamandres qu'il voyait s'enfuir dans les broussailles et dont il apprendrait plus tard qu'on les nommait Gila Monsters ?

Lors d'excursions de plusieurs jours, il poussa loin vers le nord, remontant le long de la rivière San Francisco, contournant la plaine de San Agustin par le haut à travers la forêt de Cibola, découpée en larges taches vert clair sur la carte, ne formant en réalité qu'une vaste étendue de buissons aux reflets argentés qui escaladaient à perte de vue, de chaque côté de la route, les flancs de nouvelles chaînes de montagnes, toutes aussi dépeuplées les unes que les autres. À trop le contempler, l'espace immense donnait le vertige, Jean sombrait par moments dans une sorte de stupeur bourdonnante, accentuée par la chaleur et le silence. Les villages mentionnés sur la carte, où il imaginait parfois trouver quelque compagnie, même impersonnelle, comme dans certains bars de Silver City où il s'était rendu déjà et où des groupes de clients, réunis autour de grands verres de bière, regardaient ensemble sur les écrans accrochés au-dessus du bar les matchs de la saison de basket tout juste ouverte, se liant avec le premier venu pourvu qu'il défendît la même équipe, le surprenaient par leur insignifiance, réduits à une dizaine de maisons parfois, pas même mentionnés par un écriteau ou bien tout juste signalés par les décombres d'une station-service abandonnée, à moitié en ruines, entourée de quelques baraquements de bois visiblement inhabités.

Un soir que Jean revenait chez Piazzo, après une longue journée de route qui le ramenait d'une excursion épuisante qu'il avait menée au sud, sur un terrain pelé et sinistre, il reçut plus brutalement que d'habitude le coup sourd porté au cœur par le jour finissant. Lorsqu'il quitta la nationale, le soleil amorçait sa descente finale alors que Jean se trouvait encore à une trentaine de kilomètres de la maison. La radio jouait un air de blues aux paroles tristes, Jean chercha sur la bande une autre station, mais l'heure du soir se prêtait semblait-il à la mélancolie des chansons de ce genre. Plongé dans la lumière rasante qui allongeait les ombres des cactus, rougissant d'instant en instant, le paysage prenait une teinte poignante, dont l'intensité serrait le cœur. Jean porta la main à sa gorge, elle lui faisait mal.

Il accéléra et poussa la Ford aussi vite qu'elle pouvait aller. Lorsqu'il s'engagea sur la piste qui conduisait à la maison, vingt minutes plus tard, la nuit était presque tombée et les lueurs du couchant tournaient à la pourpre foncée. Il s'arrêta dans la cour, au plus près de la porte d'entrée, et lorsqu'il eut éteint le moteur de la Ford, il comprit qu'il n'était revenu à l'écurie que pour y trouver l'écho amplifié de sa profonde solitude.

Plus tard, installé sur le deck, sirotant de la Tecate agrémentée de tequila, à l'écoute des bruits de la nuit, tous les sens en éveil, Jean sent la vie qui circule en lui, silencieuse et pleine à la fois. Il lui semble qu'il pourrait toucher le temps qui passe, tellement chaque instant s'écoule lentement, qu'il pourrait même goûter l'ennui, si sa consistance épaisse avait un goût. Et ce silence si particulier, affairé, indifférent... Jean reste ainsi, les pieds posés sur la rambarde, son verre à la main, aux aguets de quelque chose qui ne viendra sûrement pas, prêt pourtant à être surpris, souhaitant presque être effrayé par quelque mouvement fugitif dans la pénombre, par une ombre inquiétante, une silhouette. Rien... Brusquement il se lève, lassé de cette attente absurde. Il entre dans la maison, allume la lumière, attrape sur une table un magazine que Dolorès y a laissé, rempli de fiches de cuisine aux couleurs criardes et de photos de filles en robes à frous-frous, prend une nouvelle canette de bière dans le réfrigérateur, puis tout en feuilletant la revue il revient vers le deck, avançant d'un pas distrait, à ce moment son pied bute contre le rebord de la porte-fenêtre qu'il croyait plus avant et il vient donner dans le chambranle de plein fouet, heurtant violemment son front contre le montant de bois. La canette tombe et roule sur le plancher, Jean porte la main libre à sa tête, gémissant, tenant son visage qui saigne, « putain, merde ! merde ! » jure-t-il, abandonnant enfin le magazine qui s'aplatit sur le sol, des gouttes rouges éclaboussent le papier glacé, le coup a fait si mal que Jean ne bouge pas tout d'abord, tout juste s'est-il retourné et il reste à demi plié, adossé au mur, la paume appuyée sur son front, jusqu'à ce que la fulgurance de la douleur s'atténue et que cesse l'éblouissement des points blancs qui dansent devant ses yeux. Il court vers l'évier, ouvre le robinet d'eau froide, s'asperge, laisse couler le jet directement sur la blessure — ça brûle et ça soulage à la fois —, d'une main cherche un torchon sur la paillasse qu'il applique à l'endroit où ça fait le plus mal, là ! c'est presque fini, il faut appuyer fort pour empêcher la bosse de sortir, contre ses tempes il entend le sang battre,

« il y avait longtemps que ça ne m'était pas arrivé » pense-t-il un peu plus tard en reprenant sa place dans le fauteuil, au-dehors.

Le lendemain, en examinant la coupure de son front dans la glace, Jean prit brusquement conscience qu'il avait maigri, que ses cheveux étaient trop longs, et que malgré le hâle qui donnait bonne mine à son visage, des cernes s'étaient creusés sous ses yeux qui laissaient apparaître plus durement l'ossature de sa figure. Il sut qu'il avait atteint les limites d'un état intérieur qui, sous l'apparent plaisir de la découverte, l'introduisait plus avant dans une spirale au centre de laquelle se tramait l'origine d'étranges révélations. Il était grand temps de changer d'option.

4

Brusquement Jean en eut assez de la nature, de ces étendues qui le narguaient, de cette impénétrable contrée de brutes, du gigantisme du décor et de l'indifférence puissante des paysages. Le désert, vers la fin avril, avait commencé de fleurir. Dans les premiers jours de mai, ce fut une explosion, des cactus jaillissaient de petites gerbes de couleurs éclatantes qui illuminaient le paysage, le décoraient magnifiquement. Mais Jean se trouvait las de cette beauté trop parfaite, de la délicatesse exquise des points de couleur juchés sur des herses d'épines, de la finesse de soie des fleurs les plus suaves parsemant des buissons de tiges rétractées, des ravissements que n'auraient manqué de provoquer chez de plus attendris les nichées de bécassines s'enfuyant sous ses pieds dans la lande, petites boules de plumes mordorées encore incapables de voler, à peine de se hâter dans la poussière.

Jean fixa les villes du doigt sur la carte, à la manière dont on désigne un objectif stratégique sur le point d'être démoli ou protégé et, muni d'une petite valise qui contenait quelques chemises et deux costumes — qu'il n'avait depuis son arrivée jamais trouvé l'occasion de porter —, prit la route du nord, le long du Rio Grande et de l'ancien *Camino Real* qui avait jadis conduit les Espagnols de Mexico à Santa Fe. Après trois jours passés à Albuquerque, qui ne lui plut pas, sans doute par le trop sensible décalage qu'introduisait la grande ville avec les semaines vécues loin des repères urbains, Jean poussa jusqu'à Santa Fe, où il s'installa. Il choisit un hôtel en plein centre, nommé La Fonda, plusieurs fois rebâti depuis sa création vers le milieu du XIXe, et dont les reconstructions successives n'avaient pu — ou voulu — venir à bout de l'atmosphère, imprégnée jusque dans les murs, d'auberge tumultueuse et bagarreuse (où Billy the Kid assurait-on avait exercé le métier de laveur de vaisselle dans sa prime jeunesse), de lieu de rendez-vous de brigands et de négociants véreux, malgré le luxe acquis depuis et la respectabilité feutrée qui en faisaient un des plus beaux hôtels de la ville.

Santa Fe le séduisit tout de suite. La fraîcheur de l'altitude reposait Jean du climat desséchant du désert, les couleurs vives des maisons, le vert des arbres, la lumière contrastée, la clarté du jour, tout cela apaisait son œil et son esprit. Jean eut l'impression de renaître à la civilisation, après un long stage dans l'espace. Il visita des musées, entra dans des galeries, fréquenta des restaurants chics à l'ambiance décontractée, des bars aux lumières douces aménagés en librairies, en cafés artistiques, en lieux de concerts plus ou moins improvisés. Jean retrouvait ce qu'il avait si bien connu à Paris du temps de sa jeunesse, ce petit univers confortable et insouciant de l'aisance, d'une certaine culture affectée et des manières polies, avec ce rien d'extravagance qu'on acceptait d'autant mieux qu'il servait de laisser-passer à la plupart de ceux qui l'affichaient. Jean lui-même avait repris l'apparence d'un homme du monde dès les premiers jours, entre les mains d'un coiffeur qui dans une petite pièce fraîche, peinte en bleu clair, l'avait en un quart d'heure transformé en acteur américain des années cinquante, la nuque dégagée et les cheveux gominés en arrière. Il n'eut aucun mal à se lier avec quelques jeunes femmes prétendument artistes qui écumaient les vernissages sur Canyon Road et qu'il retrouvait le soir invariablement dans les mêmes restaurants, passages obligés de ceux qui se reconnaissaient comme appartenant au petit cercle mondain de la place. Il eut deux ou trois liaisons sans lendemain, flirts améliorés d'autant plus agréables qu'ils lui apportaient cette liberté nouvelle dès longtemps abandonnée à Paris où il ne pouvait se permettre de s'engager dans des affaires sentimentales ou même galantes, toujours dangereuses pour un homme de l'ombre. Soudain, il se surprit à inviter des femmes à dîner, à les emmener danser parfois, il en laissa même une — elle s'appelait Lisa — s'installer quatre jours dans sa luxueuse chambre d'hôtel, elle était de passage et bientôt le quitta pour rejoindre le Colorado, mais il évoqua son souvenir avec quelque émotion plusieurs jours après son départ. Cette fille l'avait surpris par sa vitalité, une brunette au nom écossais qui buvait autant de whisky qu'un homme de troupe, faisait l'amour avec un appétit presque égal et manquait de cette hystérie décourageante que Jean provoquait souvent chez les femmes, par sa beauté altière sans doute et son allure un rien trop élégante, qui trahissaient la fortune et la vie facile.

Après le départ de Lisa, Jean eut la sensation d'avoir épuisé les ressources de Santa Fe. Pour tromper l'ennui il partit explorer les environs, découvrit les habitats troglodytes des anciens habitants — des peuples précolombiens dont on savait peu de choses —, magnifiquement installés à flanc de falaise dans des niches reliées par d'étroits boyaux, leurs villages perchés sur-

80

plombant la rivière, il visita les pueblos aux architectures en adobe des Indiens Acoma et Zuni, traîna dans les cantinas de Chimayo où l'on servait des tacos bleu foncé et des galettes de maïs aux couleurs non moins étranges, entra dans les églises outrageusement décorées des vieilles missions espagnoles, le long de la route qui menait à Taos, il vit aussi les montagnes Sangre de Cristo se couvrir d'un voile de pluie qui baignait leurs flancs rougis. Puis il se sentit seul à nouveau.

Ce qu'il découvrait du plaisir qu'il prenait à goûter cette existence de sursis, ce semblant de vie normale, le renvoyait à la conscience accrue de son isolement. La sensation d'éphémère l'essoufflait presque, dans la pression qu'elle exerçait sur son esprit harassé à force de fuite incessante. Jean savait la vanité des illusions de renouveau, de remise à zéro des compteurs et autres mécanismes à sens unique, on ne recommençait pas, on ne niait pas ce qui avait existé, une force interne aux processus liés au temps l'empêchait invariablement, qui gardait aux évolutions leur direction unique. Aussi joyeuses et apparemment fluides fussent les heures qu'il laissait couler à Santa Fe, rien ne l'éloignerait assez de ce qui le retenait ici, tel Ulysse chez la magicienne Circé, privé de volonté, pieds et poings liés, captif de sa propre

81

témérité et de son imprudence aussi à se complaire dans une prison si voluptueuse qu'elle en prenait parfois des airs de rêve éveillé, dans lequel Jean ne sentait plus ses jambes le porter et avait l'impression de flotter, aussi désincarné qu'un fantôme errant.

Un livre qu'il avait acheté au musée des Arts indiens le replaça, par une suite d'associations d'idées comme en nourrit parfois l'imagination, dans le contexte qui avait précédé son départ express. Il se souvint de l'image de cet Indien dont l'expression photographiée l'avait suivi longtemps depuis le Trocadéro où il l'avait vue affichée et il revit en un éclair le visage du guerrier, aussi clairement que s'il l'avait sous les yeux... La coiffe de plumes courtes d'où dépasse une penne plus longue, le collier de dentales à étages autour du cou, la veste de daim effrangée, les larges bracelets d'argent autour des bras, l'éventail en plumes d'aigle... Jean comprit alors comment, par des cheminements lents et secrets, l'image de cet Apache, son regard depuis longtemps endormi l'avaient rattrapé, ici même, dans le lieu de son exil et de sa réclusion, sur les terres où ce grand peuple avait vécu, insoucieux des vies arrachées, mais périssant finalement par là où il avait failli. Les Apaches assassins avaient à leur tour rencontré leurs vainqueurs et la lutte inégale dans laquelle ils s'étaient engagés alors avait imprégné ces territoires d'une odeur de meurtre et de sang, encore sensible dans les espaces les plus reculés que Jean avait arpentés sans jamais croiser quiconque, comme si personne depuis n'avait souhaité s'installer sur les lieux de ce sacrifice, préférant laisser les esprits des morts occuper seuls les vallées autrefois traversées de routes, témoins de chevauchées et de cris, hanter seuls les monts aux crêtes desquels se postaient les guetteurs et d'où dévalaient les escadrons de pillards, seuls les montagnes hostiles abritant les fuyards après une razzia difficile et que recueillaient les familles restées à l'arrière.

Et le souvenir de cette photo en appelant un autre, Jean revit presque dans le même temps les images du fiasco qui l'avait conduit jusqu'ici, cet attentat manqué auquel il n'avait plus voulu penser depuis, mais dont chaque seconde restait inscrite dans sa mémoire avec plus de netteté qu'un film projeté sous ses yeux. Il tenta bien d'en chasser le déroulement, mais l'amorce s'était accrochée déjà profondément et les scènes se succédaient, qui restituaient l'action dans ses moindres détails. Jean s'y plongea résolument, comme on entre dans une eau glacée, et bientôt cette évocation distilla en lui l'amère volupté propre aux mauvais souvenirs, de ceux dont on ne se débarrasse jamais.

D'abord l'immeuble, ou plutôt la maison, une maison particulière avec des entourages de fenêtres en brique assez claire, une façade blanche et un double escalier qui menait au perron. Jean n'avait pas visité l'intérieur, c'était inutile. Du gravier sur le devant, du gravier crissant, comme toujours, avec par-dessus des arbres plantés sans goût, de vilains arbres trop foncés, des ifs, des cyprès, des prunus lie-de-vin, « salopards de paysagistes » se souvient-il avoir pensé, « c'est dégueulasse de faire ça, sinistres connards », et puis à gauche un petit bassin désaffecté, « j'aurais remis de l'eau là-dedans, puis des poissons ou des tortues, je ne sais pas, quelque chose d'un peu gai ». L'endroit lui déplaisait et d'une certaine manière, Jean, qui pardonnait difficilement aux gens fortunés leurs fautes de goût, en tirait un supplément de détermination. Ce client-là multipliait les inélégances... Il avait à son service un méchant chauffeur, petit homme frêle et presque bossu, qui portait des pantalons trop courts sur des chaussettes blanches. Et puis le jardin décidément était affreux, on y avait semé, en haut de l'allée centrale, un peu de gazon qui pointait ses tiges déjà jaunies — « ils n'arrosent même pas, les abrutis ! » —, et partout ailleurs des buissons

84

ridicules survivaient tant bien que mal, chétifs, taillés trop tôt, au milieu de l'ancienne végétation, à peine défrichée. D'ailleurs, l'incohérence de ce semblant de parc posait problème, cela avait retenu Jean plus d'une semaine. Trouver une ouverture, calculer le temps de sortie, préparer deux issues par prudence, compter aussi avec la fermeture de la grille électronique — il aurait peut-être dû insister sur ce point, mais non ! ces trucs-là devenaient trop sophistiqués —, enfin tout était prêt, la planque n'était pas idéale mais le point faible restait tout de même l'angle de tir, là vraiment il s'agissait d'être convaincant, après quelques essais à blanc il avait téléphoné à Piazzo — « c'est pour mercredi » —, « du travail de grand pro » avait commenté le patron, de toute façon il lui serinait toujours la même chanson, « que toi, mon grand, il n'y a que toi pour y arriver ». Jean le pensait d'ailleurs sincèrement, c'était typiquement le genre de situation simple au premier coup d'œil et qui se révèle un peu plus difficile après analyse. Mais c'était cela qu'il aimait, justement, « la ligne claire », ainsi appelait-il sa subtile technique, tout prévoir, ne rien laisser au hasard et jouer sur les failles du temps, ces minuscules interstices dans lesquels on peut toujours se glisser, mais qui demeurent si minces que personne jamais ne soupçonne que l'on choisira de passer par là.

Et cette fois-ci, c'est pourtant exactement ce qu'il s'est passé, il a deviné, ou du moins il a dû le sentir, ce crétin de petit chauffeur, lorsqu'il est sorti de la voiture pour aller ouvrir la portière à l'arrière — le client s'extrayait toujours par la droite, ça c'était bien réglé... —, il a fait le tour de la BMW et lorsqu'il est arrivé au niveau de l'aile (il avait presque déjà la main sur la poignée, Jean commençait à compter), il s'est immobilisé et il a regardé dans sa direction, « dans mon viseur j'ai vu son regard, ses yeux braqués sur moi, putain, il ne pouvait pas me voir, c'était impossible, qu'est-ce qu'il regardait ? nom de Dieu ! y avait que ces feuilles violettes à la con, ces branches touffues, il ne pouvait pas me voir, c'est certain. Avec la loupe en plus j'avais l'impression qu'il était à cinquante centimètres de moi, ce taré, et qu'il me fixait... Et au lieu d'ouvrir la portière, il s'est arrêté dans son geste, et l'autre à l'intérieur s'impatientait, il voulait sortir de sa caisse bien sûr — "qu'est-ce qu'il foutait, bordel, ce petit connard de chauffeur aveyronnais qui connaissait rien aux bagnoles et qui se perdait dans la banlieue, non mais !" — et il l'ouvre lui-même, sa portière, et il balance un grand coup d'épaule dedans en jurant, et moi, je suis en position, j'attends de voir sortir le haut de son crâne, avec ses cheveux peignés de gauche à droite, bien en rang, et à ce moment voilà le chauffeur qui s'interpose, mais vire ! enflure, vire de là !, l'autre aussi l'engueule je suppose, il doit lui dire "mais Georges, qu'est-ce que vous foutez ? laissez-moi passer...", il le pousse, et là je tire. Et je m'attends à devoir continuer, parce que le petit abruti vient de prendre la balle dans le bras, j'étais sûr qu'il n'allait pas se pousser, allez ! dégage, je me concentre, il va me faire perdre mon calme, dégage ! — je le pense assez fort pour qu'il m'entende — et j'expédie la deuxième balle en visant le centre de l'ouverture, tant pis il la prendra dans le thorax pour commencer, je ferai la tête plus tard, et c'est là que ça a basculé, j'étais tellement focalisé sur le crâne de ce type, je pouvais même pas réfléchir à autre chose, il fallait filer, à cause de la grille, il fallait filer en vitesse, mais j'ai insisté, je ne sais pas ce qui m'a pris, je ne fais jamais ça, insister, d'ailleurs d'habitude je tire et je m'en vais, je n'ai pas besoin de m'appesantir, ça passe tout seul, mais là j'ai voulu continuer, la deuxième balle est partie et je ne sais même pas où elle a atterri car à ce moment-là j'ai vu dans mon viseur le client sortir une main de sa poche et le chauffeur en travers de lui qui s'effondrait, j'ai tout de suite compris qu'il était armé et avant qu'il ne réagisse, j'ai commencé à courir, mais j'avais déjà trop tardé pour la grille, il me restait ma seconde issue de secours, le gravier faisait un boucan du diable sous mes semelles, l'autre avait pigé aussi, il me coursait déjà et tirait au jugé, dans ma direction, je flippais comme un fou, j'avais la respiration coupée, ça sifflait dans ma gorge, je ne sais pas comment j'ai réussi à passer le muret, je pensais "il va m'avoir, il va m'avoir à ce moment-là" et c'est sûrement un type qui se sert jamais de son arme, car personne à sa place ne m'aurait raté dans cette position, j'étais à moitié vautré sur le ciment, je n'arrivais plus à avancer, mon cœur explosait, j'étais mort... Je ne sais même pas comment j'ai pu courir jusqu'à l'avenue, je me souviens juste que j'aurais pu hurler tellement j'avais mal dans la poitrine. Quelle horreur, mon Dieu, quel cauchemar... et quel trou-du-cul ce chauffeur! je parie que c'est lui qui a reçu la deuxième balle, mais qu'est-ce qui lui a pris, il faut être fou pour faire un truc pareil... Putain, quelle journée, et l'autre qui hurlait au beau milieu de l'avenue, son pétard à la main, "à l'assassin! arrêtez-le!", heureusement les gens réagissent lentement, il y avait un taxi, pas celui que j'avais commandé d'ailleurs, mais je m'en foutais, celui-là c'était un Chinois, je me suis demandé s'il allait démarrer, il a plissé les yeux comme s'il les fermait et fffttt! on a filé ».

Jean pouvait presque éprouver l'essoufflement de la course... Pour la première fois peut-être depuis le début de son séjour, il songea à la voie si étroite et destructrice qu'il avait empruntée et à laquelle désormais il se savait intimement appartenir, non pas en tant que membre d'un groupe aux principes communs, mais plutôt comme individu que sa révolte plaçait irréversiblement à l'écart. Il eut brusquement l'impression de s'être attardé à Santa Fe plus que de raison, revenant en cela par quelque repli sur lui-même à ses prudences habituelles qui, lorsque leur dispositif pourtant soigneusement maquillé s'emballait, se teintaient de paranoïa. Or Jean savait mieux que quiconque à quel point la peur reste le pire ennemi de l'homme — plus encore peut-être pour celui que la mauvaise conscience talonne —, aussi se hâta-t-il, pour couper court au retour des nuits décousues par les rêves bruissants de poursuites haletantes, de rentrer chez Piazzo. Il parcourut les trois cents miles qui le séparaient de la maison d'une traite.

5

Jean, en rentrant dans la maison, ressentit cette espèce de bouffée de bien-être que l'on éprouve à retrouver la familiarité d'un « chez soi ». Lui qui n'avait pas une seule fois considéré la résidence de Piazzo comme autre chose qu'un abri provisoire, qu'une halte sans âme, sourit au léger soupir de contentement qu'il entendit presque envahir sa poitrine tandis que, ouvrant les portes des pièces les unes après les autres, il reprenait possession de l'espace. Sur la table de la cuisine Dolorès avait laissé un mot, et son numéro de téléphone. Jean appela immédiatement et reçut dans l'oreille la voix chantante de la Mexicaine qui lui souhaitait la bienvenue, s'il le désirait elle pouvait venir avant ce soir, « non ça peut attendre demain », répondit Jean, impressionné par la quantité de provisions qu'elle avait amassées dans le réfrigérateur, imaginait-elle donc qu'il avait vécu des semaines entières sans manger ?

Il passa la soirée sur le deck, assis dans le fauteuil de bois où son corps retrouvait instinctivement ses marques, et resta longtemps les yeux fixés au loin, face à la lande dont il reconnaissait les buissons les plus proches, les grands cactus aux silhouettes découpées sur le ciel de nuit, puis les collines amorçant leur pente dans le lointain, fasciné par l'immense indifférence de la nature, fallait-il que l'homme s'en soit éloigné pour éprouver à son égard tant de surprise et parfois même d'épouvante. Et pourtant quel incroyable mystère conservait, pour l'esprit humain en mouvement, le monde éblouissant de formes et de folles inventions qu'est la vie sur Terre. Jamais plus qu'en ce lieu Jean n'avait ressenti sa redoutable détermination, son énergie muette et implacable, sa force intérieure, son engagement si puissant dans une bataille pourtant perdue d'avance, à l'échelle des milliards d'années du moins. Jean soupira, mais il y avait dans la tiédeur tranquille de la nuit une douceur qui l'apaisait, malgré tout.

S'introduisait subrepticement dans quelque région reculée de son cœur l'abandon à certaine communion des corps, quand d'un organisme à un autre se parlent, au-delà de tout langage formulé, de toute évocation cohérente, les atomes eux-mêmes, et quand se reconnaissent, par-delà les associations chimiques, les éléments de base qui sont à l'origine de toute vie. Et Jean trouvait à cette subtile sensation une jouissance plus subtile encore, un bien-être presque étourdissant de suavité, telles de minuscules bulles de champagne venues exploser à la surface d'une coupe trop évasée, pulvérisant alentour leurs invisibles effluves d'ivresse.

L'Amérique toutefois, par l'inégalité qu'imposait son énormité face à celui qui l'abordait, poussait le défi trop avant. Jean, qui ne s'était pas méfié, était allé donner dans ce panneau dès le début, croyant dans l'égarement que lui autorisaient ses prétendues vacances à une plaisante partie de campagne. Mais rien de domestiqué ne venait flatter l'œil du gentleman, rien de docile et de gracieusement tourné par l'homme ne venait adoucir la rugueuse apparence d'une activité toute brutale et sans barrières. Ici on entrait dans le vif du sujet, précisément le vif tout court, le vivant, la chose animée, à l'état brut, sans manichéisme ni morale. Et si Jean avait fui l'existence sauvage qu'il avait menée dans les premières semaines, ce n'était pas pour échapper à la solitude des soirs près du feu, ni à la fatigue des marches harassantes sous le soleil, mais bien parce qu'il sentait monter confusément cet attendrissement, le ramollissement de ses principes les mieux forgés, trempés dans l'acier du ressentiment, et qu'il voyait fléchir, à certains signes avant-coureurs, la rigidité qu'il avait instaurée entre lui et tout ce qui pouvait lui rappeler qu'il avait été un enfant, curieux du monde et émerveillé de sa beauté.

L'air plus frais de la nuit déjà avancée le caressait, parfumé par l'odeur sèche des sauges et des genévriers. Dans les buissons il entendait s'agiter de petits rongeurs, des lapins peut-être ou des oiseaux au nid, demain il trouverait sur le sable les traces sinueuses des serpents à sonnettes qui se terraient le jour. Jean se laissait aller à la douceur de l'écoute et à la contemplation de l'obscurité — il pouvait bien, se disait-il, de retour chez lui, s'accorder la détente d'un moment d'abandon — et du fond de sa mémoire surgissaient lentement les réminiscences d'étés anciens, où l'on restait dehors tard dans la nuit, en silence. Lui venait, çà et là à travers tout le corps, en légères implosions de désir, l'envie d'être bercé par des bras aimants, d'être emporté en tournant au ras des prairies humides de rosée, caressé et embrassé, mis à nu et excité par une fille aux longs cheveux, qui l'entraînerait pour mieux le réveiller et sur qui il se jetterait, parvenu au point de déséquilibre où celui qui feint de se laisser ballotter prend soudain le dessus et serre plus vivement, inverse le jeu et profite de sa supériorité physique. Oui! aimer, passer des nuits entières à se rouler l'un sur l'autre, à se détériorer la santé, à baiser furieusement, à recommencer quand l'on se croit rompu, à se faire peur à force d'attraper le vertige, faire grincer ses muscles rouillés, montrer qu'on est encore un homme et que l'on peut renaître une dernière fois avant épuisement, et mieux même, et plus, et par-dessus tout ça, si possible, si ce n'est pas trop exiger, avoir le cœur à feu et à sang, l'entendre battre à se rompre, avoir mal quand l'aube point et qu'elle s'est endormie, ses cheveux parsemés tout autour de sa tête, délicieusement mal et pas mal du tout à la fois, être amoureux, voilà! faire l'amour et être amoureux en même temps.

Jean se lève, les mains crispées sur l'entrejambe il sautille sur place, « merde, merde » fait-il tout haut, « aïe, mais je suis fou de penser à des choses pareilles, ça n'est vraiment pas le moment et d'abord, pourquoi est-ce que je suis tout seul ici? c'est inhumain cette retraite, il faut que je rentre, j'en ai plus que marre, ça suffit, je suis dingue de supporter ça ». Et de rentrer précipitamment dans la maison, de s'emparer du téléphone, « collect call, please, operator... — Piazzo, hurle-t-il dès qu'il entend la voix du patron, je rentre, j'en ai marre de ce pays de sauvages ». Tenant toujours à travers sa braguette son sexe douloureux d'une main, Jean vocifère « je prends le premier avion, ras le bol, ne me dis pas que... ». Piazzo a repris cet accent italien, ou corse, qu'il a parfois lorsqu'il veut jouer les caïds, « trrop tôt, fiston, rrreste encorre un peu ». Jean l'insulte — « peau de cochon, âne, crétin » — mais c'est inutile, l'autre a coupé déjà, et lorsque Jean lâche enfin son pantalon, il ne sent plus que les plis de tissu sous ses doigts, « voilà qui est débandant », se dit-il en versant un grand scotch dans un verre plein de glace. Et à la fois il y a dans cette inter-diction du patron une sorte de soulagement, Jean découvre que quelque chose en lui s'est modifié légèrement, que le regard qu'il porte sur la vie qu'il menait jusque-là à Paris a changé, dès lors qu'il a pris quelque distance, et que cette vie lui semble tout à coup très vaine, et particulièrement absurde. Non qu'il n'ait déjà eu ce genre de pensées, non qu'il ne sache à quel point tout choix est empreint d'erreur, mais tout à coup, sous le ciel étoilé du désert, dans le silence troué du bruissement fugitif des rôdeurs nocturnes qui vaquent autour de la maison, lui apparaît totalement stupide la voie d'ombre dont il s'est fait une spécialité, et surtout plus inutile encore l'activité — même sporadique — qui constitue le noyau de cette existence.

*
**

Quelques jours s'écoulèrent, presque vides. Jean restait des heures allongé sur son lit, les yeux tournés vers la fenêtre qui découpait sur le ciel uniforme un rectangle d'azur éblouissant. Il lisait par fragments, l'esprit ailleurs, et n'absorbait à la fois qu'un ou deux paragraphes d'un mauvais roman policier, aussi éloigné de sa lecture qu'on peut l'être d'une pure abstraction. Par moments il se contentait de feuilleter les pages du livre et le bruit du papier lorsqu'il laissait son pouce glisser sur la tranche évoquait un battement d'aile, qui résonnait étrangement dans l'air immobile. Sortant de sa torpeur par brusques impulsions, il venait s'installer devant la porte grande ouverte du réfrigérateur géant et en inspectait les rayons, à la recherche de quelque chose qui aurait pu lui faire envie. Il en retirait invariablement les mêmes canettes de bière dont il aimait l'amertume légère, et délaissait les préparations écœurantes qui prenaient la forme de pâtes informes, de gelées aux couleurs acides, de crèmes et de sauces livides que Dolorès semblait affectionner ou auxquelles elle attribuait Dieu sait quelles vertus revigorantes, quand

96

Jean s'était lassé depuis longtemps de leur fadeur.

Dès que la chaleur devenait supportable, vers la fin de l'après-midi, Jean sortait sur le deck et goûtait la bouleversante douceur du soir qui tombait, d'abord lentement, en une agonie feutrée, puis brutalement, comme si un couperet trop longtemps retenu avait été lâché soudain par quelque main particulièrement impatiente. En un instant il faisait nuit et pour Jean commençait la partie la plus ardue de la journée, tout entière consacrée à la conservation d'un calme qu'il avait accumulé des heures durant, en prévision de la soirée. Un mélange de sensations éparses, de pensées embryonnaires l'assaillait alors, se développant autour de lui en un essaim diffus, impalpable, vaguement étourdissant. Ce n'était pas à proprement parler un raisonnement qui s'échafaudait dans son esprit, mais plutôt une de ces voix ténues qui souffle à la manière d'une brise, légère d'abord puis emplissant bientôt tout l'espace du dedans, un parfum imprégnant sa perception originale, une impression confuse et précise à la fois, une intuition sans objet futur, un état d'âme dirait-on. Jean n'en était pas encore pleinement conscient, mais ce qui lui apparaissait — dans sa forme première à la manière d'un nuage lointain, flou, discret — ressemblait assez au sentiment de lassitude qu'éprouvent certains chevaux de saut au moment de franchir l'obstacle, et qui les fait renoncer sans que l'on comprenne pourquoi. Peu à peu cela prit forme dans son esprit : Jean n'avait plus envie de tuer.

Un profond soupir s'élevait de son âme, qui prenait le goût d'une rémission, de la suspension d'un mécanisme terrible qui l'aurait broyé, impitoyablement, et dont le relâchement lui faisait retenir son souffle, était-ce possible de sortir si banalement de cet état ? Juste en cessant de le vouloir ? Cela paraissait si élémentaire, dérisoire presque dans ce que l'idée impliquait de simplicité. Changer, partir dans une autre direction, sans avoir à fournir d'arguments supplémentaires, sans une justification à soi-même. Pfftt ! tourner le dos et ne plus regarder en arrière.

Peut-être devant l'émergence de ce désir encore hésitant Jean avait-il cru d'abord à un jeu de l'esprit, une de ces pensées séduisantes avec lesquelles on amuse parfois ses neurones, lorsqu'on s'ennuie, auxquelles personne ne croit jamais vraiment mais que tous feignent de considérer, pour lesquelles on envisage même un prolongement, un ancrage possible dans la réalité. Oui ! le genre de projet fou que l'on nourrit au retour d'un voyage, au terme duquel on se prend soudain à rêver tout haut, rêver de repartir en sens inverse après quelques semaines qui brusquement semblent résumer le cours entier d'une vie, détourner les regards sur leur unique réalité, jours décisifs qui font oublier le cours usuel des choses, quand seule leur couleur particulière — un bleu très lumineux, intense — a inspiré le désir violent de revivre encore ces visions d'un autre monde, englouti pourtant par le simple abandon de la mémoire, l'inévitable passage du temps, briseur de songes. Un bref instant cela paraît possible, pourquoi pas? en effet, rien ne contraint l'individu à ce point, les portes sont ouvertes, il ne s'agit que de les franchir... Mais sans doute le désir suffit-il à nos esprits, puisque jamais, presque jamais ne voient le jour ces situations imaginées. La réalité, si lourde, tentaculaire, happe les égarés des lendemains trop aériens. Succession de ces chutes brutales, de ces résignations auxquelles on abandonne une partie de soi-même dont on affecte de négliger l'importance, tant serait douloureux d'en reconnaître la valeur sacrifiée, si précieuse...

Ainsi Jean, à l'apparition des symptômes, s'était-il installé dans le confort d'une imagination plaisante qui offrait à son esprit désœuvré un terrain d'action soudain élargi et dont la perspective inattendue réjouissait son cœur blasé. Mais le rêve s'ancrait, prenait pied chaque jour dans la réalité, envahissant de plus en plus son champ de vision. Il en venait peu à peu à l'examiner sans sourire, tout à fait sérieusement à vrai dire, « après tout, pourquoi pas ? » se disait-il à son tour, y tenait-il tant à cette vie absurde d'assassin désenchanté, à cette ridicule existence de proscrit ? Jean, à son insu, changeait de rive, insensiblement il abordait aux berges d'en face, celles que l'on ne considère d'ordinaire que de loin, car elles délimitent un territoire méconnu, et présumé dangereux. Cependant le courant qui l'emportait cette fois avait raison de ses résistances, bien faibles résistances à ce stade, du moins reconnaissait-il ne pas dépenser trop d'énergie à lutter, d'un œil plutôt amusé il regardait dériver son embarcation, sans doute était-il possible encore de reprendre la barre, de conserver le cap jusque-là observé, mais entrait aussi dans le choix d'une passivité imprévue le plaisir subtil de laisser glisser vers leur terme certains accidents, pour la beauté de l'ellipse décrite, de la trajectoire d'une chute, souvent parfaite lorsqu'elle n'est déviée par aucun obstacle.

Le plus surprenant dans l'étrange ballet qui se jouait devant ses yeux mi-clos tout au long des après-midi de chaleur où, étendu dans le petit bureau à l'arrière de la maison, il regardait la fumée de ses cigarettes s'envoler vers le ventila-

teur du plafond, c'était la direction prise par ses
pensées, si contraire à ce que l'on observe habi-
tuellement et dont la logique veut qu'elle
s'oriente d'un point positif vers son pôle néga-
tif, d'un état raisonnable vers son contraire
déraisonnable, d'une situation morale à sa version immorale. C'est ordinairement dans ce
sens que se font ces surprenantes modifications,
glissements imperceptibles vers une acceptation
des forces qui poussent vers l'abîme. On se surprend à rêver l'assouvissement de fantasmes
enfouis, de désirs toujours refoulés, on se dis-
pose à passer à l'acte... À l'inverse, le retour des
profondeurs vers la surface, ce qu'on pourrait
appeler l'amendement, ou le repentir, s'opère
plus brutalement, à la suite de quelque choc
extérieur, d'une violence dont on entrevoit
souvent la portée symbolique, à tort ou à raison. Ainsi en va-t-il des grandes conversions, et
de la révélation de certains destins d'exception...
Il est plus rare que l'on envisage objectivement
de cesser d'être un criminel, du moins à la
manière empreinte de cette nonchalance
presque choquante qu'affectionnait Jean tandis
qu'il simulait désormais l'indifférence, quand il
était déjà acquis à la cause, convaincu, conquis
même par la clarté du futur qui s'offrait à lui.

⁎
⁎⁎

Un matin lorsqu'il s'éveilla, Jean fut saisi par l'éclat métallique qu'avait pris le ciel, la luminosité du jour faisait presque mal tant elle était vive. Il se leva, vint sur la terrasse, encore ensommeillé. Alentour, tout était desséché, grillé par les longues journées de soleil. Jean voyait soudain un désert plus intense, plus déterminé, le climat s'était durci brusquement semblait-il, comme si quelque instance invisible avait monté d'un cran le niveau de rigueur qu'il aurait dorénavant à subir. Et à la sensation d'étouffement qu'il éprouvait dès lors qu'il regardait au-dehors, il comprenait confusément qu'il devait pourtant rester là, dans ce lieu ouvert et totalement refermé à la fois, pour tenter de débrouiller la cause du trouble grandissant qu'il sentait monter en lui, sans qu'il ait pu jusque-là identifier — de ce qui lui appartenait en propre ou du contexte de plus en plus influent — ce qui orientait ainsi ses pensées, les bousculant vers une pente tout à coup plus raide, et périlleuse.

6

Il résista quelques jours, concentrant ses efforts pour maîtriser son âme déroutée, puis, n'y tenant plus, libérant le besoin de mouvement qui s'était emparé de lui de nouveau, Jean sauta dans la Ford un matin et quitta la maison. Il était comme saisi d'une sorte de fringale d'extérieur, il lui fallait toucher l'espace du dehors, comme si de l'intégrité conservée de sa personne au contact du monde dépendait la validité de sa résolution. Jean partit en direction de Las Cruces et d'Alamogordo, il n'avait pas encore exploré le versant ouest des montagnes San Andres, de l'autre côté du Rio Grande, se contentant de remonter au nord, sans trop s'écarter d'un axe vertical qui lui avait servi d'artère principale, d'armature presque. Peut-être l'évocation du théâtre qu'avait constitué la région des White Sands au moment des premiers essais nucléaires, accomplis dans l'urgence et dans une sorte d'inconscience pressante, d'exaltation froide, associée aux images de cette terre aride et perdue, paradis des cybernautes dans les romans de science-fiction de l'après-guerre, avait-elle contribué à écarter cette zone du champ d'exploration de Jean, le maintenant à distance respectable pour d'obscures raisons de sécurité personnelle. Mais le territoire des « Sables Blancs » l'attirait tout à coup, par quelque secrète adéquation avec ce qu'il se figurait d'une virginité recouvrée. Et lorsqu'il pénétra, vers le milieu de l'après-midi, dans l'enceinte du parc (l'arbitraire périmètre qui délimitait le site naturel), il fut saisi par l'aveuglante lumière qui se dégageait de la matière décolorée, ou plutôt la lumière poussée à son comble, étincelante, pareille à un de ces éclairs de magnésium que suit presque instantanément le noir profond, piqueté de points vacillants.

Des dunes de sable immaculé, blanc comme du marbre pur, s'étiraient sur des kilomètres. Un paysage d'une irréalité vertigineuse, aux abords duquel atterrissaient les navettes spatiales de retour de l'univers sidéral — les Américains abusaient parfois de ces juxtapositions foudroyantes, pensa Jean — et auquel la chaleur et la sécheresse offraient une dimension supplémentaire, de planète étrangère. Jean s'en trouva si impressionné qu'il décida de passer la nuit au cœur de cette blancheur et ce fut pour lui comme la révélation d'un autre monde, très proche et pourtant très lointain, d'un autre état de la matière, d'une autre substance intérieure qu'il ne connaissait pas. La peur le gagna, injustifiée, et une angoisse de mort si forte s'empara de lui qu'il dut se lever, sortir de la tente et se convaincre qu'il était encore vivant en courant sur le sable dont la nuit avait refroidi la surface, exécutant pour lui-même une absurde danse d'exorcisme, en se frappant les bras, en se jetant au sol, cinglant sa peau contre les mille grains de quartz transparent. Il se rendormit finalement, d'un sommeil encombré de visions terribles.

La pureté du paysage, sa texture lactée lui parurent plus insoutenables encore au lever du jour. L'absence de couleur rendait le minéral immatériel, sublimé dans sa limpidité. Jean ne trouvait nulle perturbation à laquelle accrocher ses yeux, même les grands agaves avaient perdu leur couleur verte et fleurissaient en blanc, au bout d'une hampe qui surmontait une énorme touffe de feuilles argentées. La beauté de cette unité, alliée à la candeur qu'elle symbolisait, submergeait Jean de désespoir. Sa propre noirceur lui sautait au visage, l'avilissait soudain, par contraste. Il lui semblait n'être qu'une tache importune sur la banquise des époques glaciaires, d'avant l'homme et d'avant sa chute.

L'aube dans sa pâleur extrême prenait à ses yeux l'apparence du couloir lumineux, si blanc, dont on dit qu'il précède d'un instant la mort elle-même. Alors que le jour allait enfin paraître, il voyait sa fin, et l'anéantissement de toutes les couleurs, fondues en une non-couleur de neige, un blanc — comme on parlerait d'un moment suspendu — entre nuit et jour, s'inscrivait tel un arrêt, une respiration bloquée, un instant de perte absolue. Tous les repères s'effondraient devant trop de néant, et Jean, lorsque la pourpre de l'aurore apparut, eut la fugitive intuition qu'il ne pourrait vivre bien longtemps.

L'ordre du monde voulait sa mort, le blanc cédait la place au rouge, le vêtement pâle de la soumission appelait le sang de la victime, tandis qu'au ciel livide s'allumait Vénus la rouge, en signe de consommation des noces du jour. L'éblouissement qui aveuglait Jean, loin d'être celui d'une illumination transfigurante, d'une quelconque grâce qui l'aurait touché, le réduisait, le plaquait au sol, sous le coup d'une sentence surnaturelle.

Jean demeura très ébranlé de son incursion dans les White Sands. L'émotion que lui avait procurée la beauté du lieu s'était presque entièrement diluée dans la nappe de terreur que lui avait inspirée l'innocence immaculée du paysage. L'épreuve lui apparut tel un avertissement, un de ces songes symboliques dont il devait prendre en compte le sens profond. Mais c'est la nature de ce sens qui précisément l'horrifiait, car ce qu'il comprenait ne lui laissait que peu d'espoir. Quoi qu'il fît, il était condamné. À moins que la solitude, dans sa triste pesanteur, ne commençât de lui jouer des tours et ne fît naître dans son esprit certaines illusions écrasantes qui, en déplaçant son pôle de gravité, lui faisaient perdre l'équilibre...

Il s'arrêta deux jours à Alamogordo, il avait besoin de reprendre contact avec la ville et les diversions colorées qu'elle propose. Il dormit à l'hôtel, mangea au restaurant, s'assit dans des bars, marcha dans les rues, entra dans des boutiques, il s'appliqua même à visiter le Space Center Museum, une sorte de cube de verre futuriste rempli de débris de fusées et de satellites, de roches lunaires et de météorites, mais malgré ses efforts — ou peut-être à cause de cela précisément — tout restait lointain, distant, comme inaccessible. Il s'obstina et poursuivit jusqu'à Mescalero, dans la réserve des Apaches du même nom. Mais il était ailleurs, rien n'accrochait son regard, ne parvenait à le distraire, ni le somptueux décor de l'hôtel où il était descendu, ni les sourires des jeunes filles de l'accueil, ni les visages si graves des Indiens qu'il croisait près du terrain de golf, un balai à la main. Le charme qui l'avait séduit à Santa Fe n'opérait plus. Il lui semblait qu'un vide se creusait devant lui, formant comme un coussin d'air qui l'isolait, le séparait du reste du monde. Les heures lui paraissaient s'étirer infiniment, et cette distorsion excessive du temps lui faisait presque mal. Alors que l'après-midi du deuxième jour finissait, il fut repris par ce sentiment de panique qui l'avait saisi dans les White Sands et résolut de partir sur-le-champ, alors qu'il avait prévu de rester jusqu'au lendemain.

Il s'en alla par la forêt de Lincoln, dépassa la jolie station de ski de Ruidoso sans même s'arrêter, puis obliqua vers l'ouest en coupant par une route étroite. De hautes montagnes aux sommets encore enneigés enserraient la vallée dans laquelle il avançait, le paysage s'était durci, les reliefs se faisaient plus sauvages sous la lumière rasante du soir, la route traversait des rios descendus en torrents des hauteurs, et qui partaient grossir les eaux de la Pecos River, toujours plus à l'est, là où il n'irait jamais. Car tandis qu'il poussait si brutalement la Ford qu'on aurait pu croire au bruit du moteur qu'elle allait rendre l'âme, Jean comprenait que cette virée était certainement la dernière du genre, qu'il ne servait à rien de poursuivre cette quête absurde d'un ailleurs toujours plus dénué de sens, et qu'il fallait désormais affronter le combat dans lequel il s'était si imprudemment engagé.

Lorsqu'il parvint enfin à la maison, la nuit était déjà très avancée. Jean se jeta tout habillé sur son lit, épuisé, mais son sommeil fut chaotique, entrecoupé de rêves agités. Il se réveilla à plusieurs reprises et ne vit à travers le carreau que la nuit, désespérément étoilée, en écho à sa nuit intérieure, qu'éclairaient des bribes de cauchemars sordides. Que pouvait-il espérer désormais ? Qu'avait-il fait de sa vie pour mériter un repos bienfaisant ? Comment pouvait-il encore dormir, après tant de crimes accumulés ? Oh ! il ne regrettait pas les vies qu'il avait brisées net, il ne concevait ni remords ni culpabilité, juste le dégoût lié aux actions vaines, dont l'inutilité ne vient que renforcer l'absurdité. Ses marches dans le désert ne l'avaient ni grandi ni réduit, elles avaient simplement contribué à le mettre dans un état de sensibilité que sa vie citadine avait occulté jusque-là. Une brèche s'était ouverte peu à peu, et la violence du monde s'engouffrait dans les failles béantes de sa conscience, le poussant dans des retranchements où ne subsistait que le désespoir. Au fur et à mesure que les éléments naturels parlaient à son âme émaciée, son esprit rencontrait des abîmes

109

de plus en plus vastes et s'y égarait, lui laissant pour vestiges la douloureuse sensation de perdre la raison. Il ne trouvait à s'agripper plus aucune branche solide, tout ployait sous son poids, se réduisait en poudre dans ses mains, s'éclipsait à sa vue. Il s'affolait, perdait pied, il dégringolait tout à fait cette fois.

Il se leva et vint à la fenêtre, alluma une cigarette. Ses yeux s'accoutumaient peu à peu à l'obscurité. La nuit tout autour bruissait de crissements feutrés, de petits déplacements invisibles. Une brise légère lui souffla au visage. Jean s'adossa au montant de la fenêtre, prit une large inspiration et soudain il se mit à pleurer, la tête penchée en arrière. Les larmes coulaient sur ses joues, glissaient le long de sa mâchoire, se perdaient dans son cou. Il pleura longtemps, sans bruit, laissant sortir son chagrin comme on vide un abcès, patiemment.

En entrant dans la cuisine le lendemain matin il trouva Dolorès, « où étiez-vous passé ? » demanda-t-elle en le serrant dans ses bras en une brusque accolade, Jean ouvrit l'eau au robinet de l'évier et glissa sa tête dessous, les gouttes giclaient tout autour tandis que Dolorès s'affairait à préparer le café en babillant, il apparaissait à Jean qui la regardait à travers les filets d'eau fraîche ruisselant de ses paupières qu'il pouvait se reposer entièrement sur elle à l'égal d'une nourrice bienveillante que rien ne parvient à surprendre, qu'il pouvait demander l'impossible à sa prévenance, compter sur son pardon immédiat quelle que soit la faute commise, s'appuyer sur sa bonté, se fondre dans son giron maternel, oublier toute retenue... Pourquoi n'avait-il pas gardé de ces amis fidèles à qui l'on peut tout demander, pourquoi ne restait-il plus au rang des épaules solides que des morts ou des ombres disparues sans laisser de traces, perdues au fil des renoncements successifs, de l'indifférence, de la honte ? Jean connaissait trop bien la réponse. En devenant un assassin il avait supprimé aussi de sa vie les plus chers amis, seule Rose ne s'était pas laissé impressionner par ses arguments, il faut dire qu'il ne s'était pas montré très convaincant au début avec les autres, dans la plupart des cas il avait dû recourir ensuite à la grossièreté, aux insultes, à des disputes qui plongeaient l'autre en situation de se fâcher définitivement, la mort dans l'âme, mais tous — sauf Rose, encore, qui faisait semblant de ne pas entendre, de ne pas voir — avaient lâché prise finalement, et cela, jamais il ne l'avait remis en cause, malgré la blessure qu'il en avait gardée, cicatrisée depuis longtemps mais restée palpable en lui comme la marque d'un échec supplémentaire.

Que Paris lui semblait loin soudain, n'y avait-il pas des années qu'il avait quitté la ville, fui son pays ? Les semaines américaines prenaient maintenant à ses yeux l'allure d'un purgatoire infamant. Elles avaient, mieux qu'une longue réclusion, mis entre lui et le monde plus de distance qu'il n'en avait jamais connu, malgré la solitude extrême des dernières années à Paris. Et cette distance, pour sinueuse et accidentée qu'elle fût, le renvoyait plus que jamais au désir de retrouver ce qu'il avait cru perdre, quand il s'en était écarté de plein gré et qu'il ne pouvait mettre au compte de personne la responsabilité d'avoir fait de lui un paria.

Jean, au contact des visions les plus ordinaires qu'avait nourries pour lui cette région de desperados, de tourments et d'obstacles, ce dédale d'espaces insondés, de rude nature, de soifs et d'angoisses imaginées, s'était peu à peu repris à rêver, à espérer en une suite plus légère, plus ancrée dans ce qui donnait à la vie son sel, son goût inimitable, fait à la fois d'amertume et de douceur, de piment et d'acidulé, de toutes ces saveurs mélangées qui permettaient à l'ensemble de se déguster sans trop d'appréhension, et qu'il avait, par orgueil et stupidité, tourné en potion aigre qui ne lui inspirait plus que dégoût.

Jean se doucha longuement, il se frotta tout le

corps des deux mains pour effacer sous le jet d'eau tiède les miasmes déposés par la nuit, fantômes de l'angoisse qui s'accrochaient à sa peau, martelant patiemment l'intérieur de son crâne, vrillant ses nerfs en les anesthésiant ou en les irritant, agaçant sa raison devenue nœud compact et intriqué, serré, que la détente n'allait pas venir assouplir de sitôt.

Alors que Dolorès s'apprêtait à partir, au début de l'après-midi, il la retint : « j'ai encore besoin de vous, il ne faut pas me laisser seul », et la Mexicaine, dont le sourire s'était effacé et dont les yeux rieurs s'étaient brusquement assombris, leva une main vers lui et caressa sa joue, en murmurant de petits mots que Jean ne comprit pas, mais qu'il devinait pleins de pitié. « Restez encore un peu, supplia-t-il, une ou deux heures, et parlez-moi, de n'importe quoi. » Elle s'assit et se mit à parler et Jean ne comprenait pas tout ce qu'elle disait, mais le son de sa voix le berçait et le rassurait et il se contentait de glisser un « si, si » par moments, de peur qu'elle ne se taise, mais rien n'arrêtait Dolorès, elle parlait de sa famille et de ses parents qui devenaient vieux et ne pouvaient plus travailler, de son mari qui s'était luxé l'épaule et des cousins qui... — là, Jean décrochait —, il était aussi question de terrain, de cultures, de toute une vie d'efforts et de menus profits, de la lutte commune des petites gens pour survivre, de difficultés, subies sans plaintes. Jean embrassa Dolorès avant de la renvoyer chez elle, il la remercia encore et la regarda partir dans sa Chrysler branlante, c'était pire finalement qu'elle le quitte maintenant, à l'heure où le soir commençait. La nuit ne viendrait pas tout de suite, mais le jour allait s'assoupir, se taire lentement, s'étirer comme en un long bâillement jusqu'au crépuscule, instants déchirants dont l'extrême langueur lui brisait le cœur. Jean se saoula ce soir-là, d'écœurement et de désarroi, il n'eut même pas la force de rentrer se coucher et s'endormit par terre, à plat ventre contre les planches de la terrasse sur lesquelles le vent avait soufflé un fin sable blond pendant le jour, la tête entre les pieds du fauteuil.

Dès lors s'imposa l'urgence de faire cesser cette torture. Jean devait rentrer, cela faisait près de quatre mois maintenant qu'il était au Nouveau-Mexique, quatre mois qui lui paraissaient une éternité. Piazzo au téléphone avait tenté de tempérer son impatience, Jean avait hurlé et l'autre avait promis que ce serait pour bientôt. En attendant, Jean tournait en rond dans la maison, frappant les piliers de bois de ses poings, harcelant Dolorès dès qu'elle entrait le matin, parfois encore debout depuis la veille, après une nuit blanche passée à boire et à jurer, défait, le visage luisant de sueur froide, Dolorès qu'il empêchait de travailler, qu'il faisait asseoir pour lui parler, la suppliant de ne pas le laisser seul, de lui répondre, de s'occuper de lui. Les heures les plus claires du jour lui apportaient le répit du sommeil lorsque, épuisé, rompu, il s'affalait sur le canapé, tout habillé, sous les yeux de la Mexicaine qui secouait la tête en silence, boule-versée d'assister à ce naufrage volontaire.

Et soudain, ce fut le moment tant attendu du départ, l'heure qu'il avait appelée de toutes ses forces dans les moments où tout hurlait en lui, jusqu'à la moindre de ses cellules, et où ses jours lui étaient devenus si insupportables que le désir de quitter l'Amérique lui faisait placer dans le retour un espoir insensé, si dispropor-tionné que, dès qu'il apprit la date de son vol, à l'instar d'une annonce de libération, il ne put trouver en lui la joie escomptée, ni l'enthou-siasme qu'il avait cru pouvoir éprouver, le jour venu. Il ne ressentait qu'indifférence à la place, une sorte de désintérêt brusque pour tout pro-jet, fût-il de retour. Et à cela sans doute il comprit que ce en quoi il avait mis tant d'espé-rances serait précisément le dernier coup que le destin venait de lui porter.

7

Jean prit l'avion pour la France dans les derniers jours de juillet et débarqua dans le Paris d'été qu'il détestait, trop chaud, étouffant, pollué, déjà à demi vidé de ses habitants. Sa longue absence renforçait son sentiment de solitude : il lui sembla dans les premiers jours du retour que la ville était morte, qu'il ne s'y passait plus rien. Jusqu'au silence qui s'était abattu : l'air bourdonnait de bruits de fond, mais sans aspérités, sans pointes aiguës ni sons agressifs. L'atmosphère sentait le coton. Jean retrouva son appartement, et malgré la lumière claire de l'été, ses murs lui parurent étroits, oppressants. Il aurait voulu fuir sa propre maison, aller se réfugier dans quelque asile bienfaisant. Il appela Rose, qui devait être une nouvelle fois partie pour l'étranger, car elle ne répondit pas à son message.

Jean fit contre mauvaise fortune bon cœur. Il

sortait dans les rues au petit matin et marchait sur les trottoirs fraîchement lavés par les balayeurs, encore humides. Il s'arrêtait parfois à une terrasse, s'asseyait sur une chaise en rotin, commandait un café, tentant de retrouver les gestes familiers, les sensations quotidiennes d'avant. Mais tout restait petit, après les espaces immenses du désert, tout avait brutalement rétréci et le resserrement des distances lui faisait l'effet d'une pression exercée sur son propre cerveau, comme si on le sanglait dans un étau. Des orages éclatèrent, après des jours de forte chaleur, qui éclaircirent le ciel chargé de vapeurs grises et laissèrent dans l'air un parfum de fraîcheur nostalgique, qui rappelait presque l'automne. Paris se vidait de jour en jour, et un à un les commerçants fermaient leurs boutiques. Jean ne tenait pas en place, il était si agité qu'il ne trouvait plus le repos que par bribes de deux ou trois heures. Ses nuits se transformaient en un hachis de sommeil qui le laissait nauséeux au matin et plein d'amertume. Piazzo lui-même avait quitté Paris, abandonnant à Jean un bref message dans lequel il donnait la date de son retour, en septembre.

Jean se mit à arpenter la ville à pied, au cours de grandes promenades qui le conduisaient d'un quartier de Paris à l'autre, par des rues dont il ignorait jusque-là l'existence, ou par des avenues au nom familier qu'il n'avait pourtant jamais empruntées auparavant. Le temps s'étirait, il semblait à Jean être rentré depuis des semaines quand seulement quelques jours s'étaient écoulés. Il ne parvenait pas à rester chez lui, sa maison lui devenait intenable, il y rentrait tard, à la nuit, pour se jeter sur son lit défait, sans même allumer la lumière. Le jour le réveillait et il repartait, à peine sa douche prise, pour de nouvelles explorations, sans autre but que de tuer l'ennui qui le harcelait de nouveau, plus cruellement peut-être qu'au Nouveau-Mexique, quand il avait cru qu'un changement de lieu suffirait à apaiser son cœur malmené.

De retour dans sa ville, il n'éprouvait aux retrouvailles nul plaisir, et le vide qui prenait place là où aurait dû s'épanouir l'étreinte joyeuse et émue qui suit le premier regard lancé au fils prodigue le blessait plus que l'indifférence commune dont il avait pourtant pris l'habitude au fil des ans. Paris qu'il avait tant aimée lui paraissait soudain vieillie, rongée de l'intérieur par quelque mal mesquin qui l'amoindrissait tout en gommant sa beauté. La ville avait comme rapetissé, on aurait dit qu'elle s'était comprimée, s'étouffant elle-même, submergée par ses toxines. Jean découvrait une aïeule diminuée dont il ne pouvait se détacher, tant le dégoût qu'il éprouvait à sa vue se teintait de compassion tendre, dans un mouvement d'apitoiement qui l'englobait lui-même. C'était sa propre petitesse qui lui rendait la ville si insupportable, sa déchéance et son inaction qui modifiaient son regard jusqu'à changer les proportions des édifices, rabaisser les grands bâtiments et réduire les ponts. Tout prenait à ses yeux la teinte sale des tombes abandonnées, ce gris délavé, flou qui montait jusqu'au ciel, souillé lui aussi.

Par on ne sait quel instinct, quelle secrète attente, il poursuivait néanmoins ses errances quotidiennes, sans doute autant pour échapper aux démons qui le taraudaient chez lui que pour recouvrer, au détour d'une rue, une vision qui l'aurait réconcilié avec la ville, et avec lui-même. C'est ainsi qu'il la rencontra, au cours d'une de ces promenades étranges qui tenaient plus de la déambulation somnambulique que d'une quelconque excursion.

Elle portait une robe bleue, courte et si simple qu'on ne retenait que la tache qu'elle faisait sur le fond de la ville, dans la lumière brouillée d'un jour tiède du mois d'août. Une robe et des lunettes noires, par-dessus son sourire, pas même un sac. Elle marchait aux côtés d'un grand type roux, qu'il avait rencontré à deux ou trois reprises, des mois auparavant. Un genre de matador trop énergique qui parlait fort et faisait de grands gestes... Jean les regarda venir tous les deux, ralentissant le pas pour mieux profiter de l'instant qui le séparait encore du visage imbécile qui lui souriait déjà, laissant son œil s'égarer vers le bleu, s'efforçant de ne pas voir trop vite, pas encore. Déjà le rouquin saturait l'air de ses bonjours — « Descamps, vous vous souvenez ? » —, envahissant de bonne humeur, empêchant toute feinte.

Elle avait tendu la main vers lui, une main petite sur laquelle il avait refermé la sienne, comme sur un courant d'air claque la mâchoire d'un loup, happé sa main, qu'il ne rendait pas, qu'elle laissait immobile entre ses doigts, tandis que protégés par les lunettes ses yeux disaient « lâchez-la maintenant », elle ne faisait rien qu'être là, ne bougeait pas, gardant maintenant ses prunelles fixées sur lui, qu'il devinait derrière les verres. Jean entendit, comme dans un murmure assourdi, venu de loin, la voix de l'homme qui proposait que l'on s'assoie, effectivement de l'autre côté de la rue une petite terrasse invitait à cela, des chaises en rotin tressé vert et beige, autour de tables rondes cerclées de fer. Jean dit « oui oui, pourquoi pas », jamais pourtant il n'aurait fait l'effort de boire un verre avec ce Descamps, il n'avait strictement rien à lui dire et c'était exactement le genre d'homme ouvert et curieux, à poser des questions stupides et embarrassantes. Mais l'argument avait fondu aussitôt sous le regard filtré de la jeune fille, aussi Jean traversa-t-il la rue avec eux, au moment de franchir le trottoir il fut tenté de lui prendre le bras pour l'aider à passer la chaussée, mais aucune voiture ne venait et puis elle n'avait pas besoin de lui, c'était toutefois l'envie subite qui lui était venue sans qu'il comprît pourquoi, il avait presque dû retenir sa main qui déjà se tendait vers son coude, sans doute seule la peau nue avait arrêté son geste, il avait pressé le pas pour atteindre l'autre côté et concentré son regard sur le dossier de la chaise qu'il s'apprêtait à avancer vers elle.

Une fois assis, il avait compris son erreur, qu'allait-il faire maintenant, il faudrait parler certainement, dire quelque chose... En face de lui, elle s'était assise en face de lui et le regardait, silencieuse. Tout juste avait-elle fait signe au garçon de la tête, lorsque Descamps avait commandé un Perrier, un petit mouvement de la tête et un geste de la main, deux doigts levés pour signifier « la même chose pour moi », avant de reposer les yeux sur Jean et de le tenir bien enserré dans son regard, captif. Par chance, l'autre parlait déjà, de l'été, des lieux de vacances, du temps et de ses projets balnéaires, Jean faisait « hon! hon! » en évitant de trop regarder ailleurs, c'est-à-dire de ne voir qu'elle et son visage adorable, il lui jetait de brefs coups d'œil de plus en plus rapides et saccadés, « et vous ? dit Descamps tout à coup, vous ne partez pas ? — Oh ! moi je rentre, avait répondu Jean dans un sursaut, j'étais parti en Amérique, ça y est, les vacances sont terminées, ou plutôt, ce n'étaient pas des vacances, je travaillais en quelque sorte, enfin, c'est un peu compliqué, mais je ne sais pas si je ne vais pas... », il s'embrouillait, c'était de plus en plus difficile de finir chaque phrase, les mots se perdaient, plus il cherchait à conclure sans laisser de possibilité à l'autre de questionner, plus il se troublait et s'enfonçait, cela devenait totalement incompréhensible, elle avait commencé de sourire, et le regardait maintenant tout à fait attentivement. Brusquement il s'était tu et l'autre avait repris la parole, pas démonté le moins du monde, poursuivant sa litanie, tandis que Jean jetait vers elle un regard perdu, n'allait-elle pas intervenir, et dans le même temps il ne lui venait pas à l'esprit de lui adresser la parole, de lui demander quelque chose, n'importe quelle question idiote, au lieu de quoi il demeurait hypnotisé par son regard, qu'il essayait de deviner plus nettement à travers les verres fumés, « enlevez-les » pensait-il aussi fort que possible, « enlevez-les », sa main tremblait à force de se retenir, il allait les lui arracher, comment se pouvait-il que rien ne bouge autour, que les choses persistent à garder leur calme muet, que l'apparence soit préservée d'un monde contrôlé et facile, où il ne suffisait que de s'installer à une terrasse et parler. Quel tourment soudain que d'avoir à supporter son refus, et la résistance qu'elle opposait au discours, elle ne bougeait pas, ne faisait pas un geste superflu, se contentant de garder les yeux sur Jean, tout entière absorbée dans son examen, mais sans peser le moins du monde, sans brusquer ni tenter d'entrer en lui, un regard caressant et suave qu'elle portait avec attention, et qui le troublait terriblement.

Et puis tout à coup, alors que s'achevait brusquement la rencontre — Descamps avait tout à coup regardé sa montre, bondi de sa chaise, il entraînait déjà sa compagne et se remettait en route —, elle avait saisi, lentement, par une branche, ses lunettes et s'était retournée vers Jean. Ses yeux avaient glissé en direction des siens, ses yeux translucides couleur de ciel trop pâle, très clairs, comme des flaques fondues sur la banquise, des piscines au soleil, des bassins somptueux, carrelés de jade et d'aigue-marine. Le regard de la fille était venu baigner son visage, se coucher sur son front brûlant, masquant un instant la lumière, trou noir de l'ivresse, vertige du désir. Ses jambes flageolaient quand enfin prit fin la seconde, car l'éclair n'avait pas duré plus d'un instant et déjà elle se détournait, attrapant l'autre par le bras, qui barrissait encore, tel un idiot grotesque.

Ensuite il lui avait fallu reprendre ses esprits, se tendre vers la surface, remonter lentement, calmer son cœur, aller s'appuyer contre une voiture, toucher le froid d'un poteau, fouiller sa poche, trouver des cigarettes. Jean avait regardé encore une fois, « pourquoi est-ce que je me retourne ? », ils tournaient au coin de la rue justement, allaient disparaître à sa vue, le halo bleu et l'escogriffe, « je hais ce type ! je le hais à mort ! ». Et puis pfuitt ! plus personne... Le haut de la rue était vide, et pas un bruit, comme au sortir d'un rêve. Était-ce bien arrivé ? Et d'ailleurs que faisait-il là, où allait-il, que cherchait-il, pourquoi ce quartier, cette rue, cette sale lumière sur les belles façades des maisons décaties, semblables aux vieilles bourgeoises qui les habitaient, liftées cent fois, poudrées, tartinées de fond de teint ? « Je les baise, je les baise, ces vieilles putes à bijoux, avec leurs mains maigres et tachées, leurs cous fripés, je les jette à terre avant qu'elles appellent, je les brise, je les frappe, je les... »

« Calme-toi, allez ! prends l'autobus qui passe, monte vite ! sors tes pièces, composte, va t'asseoir, non! reste plutôt debout, et ne déchire pas ce ticket, ne mange pas tes doigts, laisse tes mains plaquées contre la barre, voilà! ça va mieux déjà, tu le sens? ne regarde pas la rue, pas encore, attends qu'on ait passé le carrefour... Sa voix, je n'ai pas entendu sa voix, n'a-t-elle pas dit un mot, un seul petit mot? L'autre morse aurait couvert sa voix sans même la présenter, sans même me dire son nom, sans... » Le vertige le cueille, un chuintement long de pression relâchée, les portes s'ouvrent devant lui, il se jette en avant, bousculant ceux qui montent, se précipite vers la rue. En face un porche béant, sombre, sous lequel il s'engouffre, haletant, prêt à vomir, prêt à pleurer, les poings crispés contre le mur humide, la gorge serrée à faire mal. Sa poitrine le brûle, son sang bouillonne, cognant dans les veines à coups sourds, ravageant l'intérieur, secouant, remuant, ça tourne de plus en plus vite là-dedans, tout déraille, le sol vacille, le mur contre sa joue qui frotte, qui dévale, c'est tout noir maintenant, avec des points piquants qui brûlent, oh! non, pas s'effondrer ici, pas sur ces pavés sales!

Dans la pièce assombrie par le soir qui descend, il fume lentement, avec application, jusqu'à sentir la fumée envahir les fins alvéoles, remplir son thorax, assécher sa bouche et râper sa gorge. Au-dehors les bruits de la ville s'estompent, puis s'amplifient, s'amoindrissent de nouveau, augmentent encore, suivant le rythme des feux de circulation, sinusoïde du trafic urbain. Atténués par la cour, ils lui parviennent en pointillé, en sourdine constante qui berce sa torpeur. La pièce n'est éclairée que par une lampe de bureau, dont la lumière tombe sur la table, étroit faisceau aussitôt absorbé par le métal vert, et dont la fumée obscurcit encore la clarté. Mais la pénombre sied aux grands convalescents... Et il semble à Jean qu'il lui est arrivé quelque accident vasculaire brutal, de ceux qui diminuent en un rien de temps l'homme le plus solide, quelque soudaine rupture d'une digue intérieure, sans que rien l'ait laissé prévoir l'instant d'avant, tout au plus un certain désenchantement teinté d'ennui, comme une perte d'appétit dont on se dit qu'elle restera sans conséquence. Il respire prudemment, à la manière des opérés du cœur qui ménagent leur effort, soulevant la poitrine par à-coups mesurés, gonflant à peine sa cage thoracique, avançant en douceur vers un rythme amplifié. À l'intérieur de son corps cela ressemble à un appartement dévasté par la fureur d'un cambriolage, tout est dérangé, palpitant encore de la violence du choc. Jean a la sensation — physique et presque douloureuse — que vient de s'ouvrir en lui une porte longtemps verrouillée, qu'il avait presque fini par oublier tant il s'est négligé lui-même, volontairement insensible aux plaintes sourdes de son propre corps.

Que s'est-il produit pour qu'il se sente assailli soudain par une armée de combattants invisibles qui l'ont en un instant fait plier, l'ont réduit si vite, par le seul regard d'une jeune fille en bleu? Il n'a même pas honte, il n'a plus honte de rien ce soir, ni de la stupéfaction lue sur le visage de la concierge, venue constater l'incident, après l'avoir touché du bout de son balai, ni du mépris dans le geste de l'homme qui lui a tendu la main en détournant la tête, pour ne pas croiser son regard, ni de la surprise des passants à la vue de sa veste maculée, de son pantalon chiffonné. Il les oublie déjà et leur expression se dilue, il leur voudrait presque du bien s'il se rappelait leurs figures, il les aimerait bientôt s'ils ne s'évanouissaient déjà.

**
*

Le métier de tueur, en déteignant sur tous les aspects de sa vie, avait anesthésié chez Jean toute évocation d'abandon, de volupté. À l'amour il ne pouvait rien concéder, de peur qu'un sentiment qui ne plongeait pas assez loin ses racines dans l'abjection s'empare de lui et l'affaiblisse. Avec rigueur et obstination, il avait rejeté tout ce que, du temps de sa jeunesse perdue, il s'était plu à consommer avec excès et dont ne subsistait, accrochée en lambeaux à sa mémoire, que l'enveloppe affreusement déchiquetée du regret. Et Jean s'était contraint, quand par faiblesse il se laissait rattraper par quelque exigence impulsive de son corps furieux, à trahir et à trahir encore. Il s'était appliqué, lors des rares aventures qu'il avait concédées à sa vigueur encore impétueuse, à s'emparer sans jamais restituer, il avait joué le rôle du chasseur qui n'accorde pas un regard à sa victime et cela l'avait conduit à une telle répugnance des autres qu'il avait fini par se lasser de lui-même, par s'écœurer de sa propre image au seul reflet du miroir.

Mais désormais, rien ne retient plus son désir. Pourquoi continuer de se soumettre à la loi alors imposée par la nécessité, d'un temps où il n'était pas question de se laisser perturber l'esprit par un trouble quelconque, un sentiment, une inclination même ? Les jours de Santa Fe lui reviennent en mémoire, amollissant encore sa détermination, déjà ébranlée par l'extrême fatigue dans laquelle il se trouve après le coup reçu. La stérilité de son présent l'accable qui lui serre de nouveau le cœur, il porte une main à sa poitrine, bouleversé. Se peut-il qu'il accède un jour à la lumière ? Pourrait-il à son tour être bon, dispenser alentour les bienfaits et l'amour ?

Elle le sauverait, elle le ferait naître à la lumière, à la beauté, elle le tirerait hors de ses cavernes éteintes, l'extirperait de ses antres obscurs. Elle le baignerait dans des eaux parfumées, le débarrasserait de toutes les scories qui collent à sa peau, le laverait, le lisserait, le bercerait enfin, l'endormirait. Elle ferait tout cela, l'apaiserait par la seule force de son regard, de ses yeux si clairs qu'il s'y perdrait comme en un abîme décoloré, doux et soyeux. Et la flamme pâle de ses prunelles, la même qui l'aurait reposé le ranimerait, réveillerait en lui les braises dormantes du désir, allumerait sa peau de mille frissons d'envie, l'emplirait d'un formidable appétit, d'une faim d'elle inaltérable. Pourquoi la fille bleue, madone en réduction, ne vient-elle pas maintenant l'empêcher de sombrer tout à fait, le tirer à elle, l'extraire du bourbier où depuis des mois il patauge, lui tendre une main, un pied ferait l'affaire, oui ! le piétiner, elle pourrait l'accabler de coups que ce serait encore plus doux que cette souffrance brûlante, de légers coups de pied qu'elle lui donnerait, avec dedans ses doigts de petits osselets ravissants et fragiles.

De toutes ses forces, il l'appelle, il la désire, il la cherche, brusquement il se lève, s'arrache à son fauteuil, se jette sur un carnet, vieux carnet tout écorné, en fait crisser les pages, « où l'ai-je mis, bon sang ! où l'ai-je noté ? Il avait insisté l'idiot, pour me donner son téléphone, comme si j'allais appeler ce crétin, revoir un tel braillard — il feuillette, il feuillette — voilà ! », il prend le combiné et avance le doigt... « Non ! pas lui ! pas s'abaisser jusqu'à lui demander, pas un salaud comme lui, qui peut-être la touche, l'embrasse, l'intéresse, qui la voit, qui la force, la menace, l'oblige à sortir avec lui dans les rues, la contraint à s'étendre... Plutôt crever, plutôt n'avoir que son image, mais on ne demande pas pitié à l'ennemi, on ne lui octroie pas le plaisir d'humilier, il répondrait "excusez-moi, mon vieux, désolé", ce serait atroce... ».

Et l'appareil retombe, dans un bruit d'abandon, Jean retombe à son tour, raflant d'une main une bouteille sur la table, il voudrait pleurer, voudrait sortir de lui, hurler sa rage et sa détresse, tandis qu'autour rien n'a bougé, indifférence du silence, insouciance des molécules. Le fauteuil l'accueille, de son vieux cuir le chauffe, semble dire « doucement, mon ami, prends une cigarette, attends, attends encore, enivre-toi, oublie... ».

8

Jean reprit le dessus, faiblement mais avec la résignation des maudits que le destin talonne de près. La fin août voyait revenir les Parisiens et la ville s'animait peu à peu, retrouvant quelques couleurs après l'été blafard et surchauffé. Il pleuvait parfois, à la manière de ces pluies de mousson qui tombent dru pendant quelques minutes, pour s'interrompre aussi vite qu'elles ont commencé. Jean retrouva le goût des promenades. Il achetait le journal le matin et choisissait sa destination à la faveur d'une mention dans la rubrique des expositions, ou même du carnet mondain. Une adresse accrochait son œil, il s'y rendait, découvrant des quartiers méconnus, des zones surprenantes, à demi détruites, couvertes de chantiers qui poussaient leurs grues par-dessus les ruines et les éventrations, blancs de poussière, ou à l'inverse des îlots de beaux quartiers, mornes dans leur tranquillité figée, silencieux comme dans la mort, puis à nouveau des rues animées de mille frissons de vie, bruissantes de boutiques et de femmes accompagnées de petits enfants.

Un jour qu'il flânait sur une grande avenue, passant devant une large vitrine rutilante d'automobiles, son œil fut attiré par une ligne, une forme qui lui plut. Si rares étaient les objets qui le sollicitaient... Celui-là avait l'apparence d'une voiture de sport, aux lignes fines, de couleur jaune. Jean entra chez le concessionnaire, il n'y avait à vendre que des voitures américaines, de marques Chrysler, Ford, Chevrolet, Buick, « tiens, tiens ! », murmura-t-il, sensible à la coïncidence. Celle qu'il avait repérée était une Oldsmobile. Il se décida très vite et l'acheta, brisant le pacte qu'il avait institué, des années auparavant, de ne jamais posséder d'automobile à Paris.

Il revint la chercher trois jours plus tard, et lorsqu'il fut assis au volant, il se sentit submergé soudain par deux sensations, qui luttaient toutes deux pour s'imposer, l'une le ramenant aux périodes de sa jeunesse où il achetait des voitures neuves, ce qu'il n'avait pas fait depuis de longues années, l'autre lui rappelant le récent séjour américain, durant lequel la Ford avait joué le rôle d'une véritable compagne de réclusion. Les deux impressions, à la fois fortes et insaisissables — Jean n'aurait pu exprimer vraiment ce qu'elles évoquaient pour lui —, revenaient sur des souvenirs qu'il s'efforçait d'oublier, d'autant plus qu'ils le renvoyaient à des moments de sa vie dont le bonheur avait été absent, malgré l'apparent confort des situations. À moins qu'il n'ait été heureux justement, et c'était désormais ce bonheur perdu qui lui paraissait douloureux, plus encore quand il ne l'avait pas reconnu, à l'époque où il le vivait. Le mélange des sentiments qui bataillaient à l'intérieur de sa tête l'étourdissait légèrement, les sensations ne parvenaient plus clairement à sa conscience, il se laissait aller à l'automatisme des gestes, bercé par la nostalgie des visions qui se bousculaient pêle-mêle, se brouillaient, s'effaçaient pour faire place à d'autres, plus confuses encore, de virées en voiture qui semblaient appartenir à un passé très éloigné, si flou que Jean doutait presque qu'il pût être le sien.

À la mi-septembre, Piazzo le convoqua. Il s'agissait du type de rendez-vous professionnel auquel on donne l'apparence amicale d'un déjeuner. Il répugnait à Jean de s'afficher avec Piazzo, même dans un de ces restaurants discrets du VIIIe arrondissement où se trament des histoires clandestines, d'amour ou d'argent. Mais les mois passés en Amérique l'obligeaient à accepter la concession, empiétant en cela sur son principe de ne pas engager de relation avec Piazzo autre que celle qui en faisait son commanditaire dépendant. Piazzo n'apprit pas grand-chose sur le séjour de Jean en ses terres, car celui-ci ne lui offrit pas le moindre commentaire, mais se contenta de le remercier. Aux restes de son bronzage, à son allure plus svelte, Piazzo conclut que Jean avait profité agréablement de sa retraite. Il le trouva changé, en bien. Un soupçon de psychologie lui aurait appris qu'il en allait tout autrement. Aussi se montra-t-il extrêmement surpris quand Jean lui fit part de sa décision de ne plus travailler. Piazzo crut à une blessure d'amour-propre, un sursaut d'orgueil qui poussait le tueur vers la perfection, sans ratage possible. Il avait connu un boxeur de ce genre, qui à la suite d'un seul combat perdu avait abandonné sa carrière et ruiné des années de travail et d'ascension. Piazzo se fit rassurant, il minimisa l'erreur du dernier contrat, pria Jean d'assouplir son exigence envers lui-même, lui promit de formidables sommes d'argent. Rien n'y fit, bien sûr, et Jean resta sur ses positions... Il en avait assez, il arrêtait, et Piazzo n'y pouvait absolument rien.

Commença alors la longue lamentation du commerçant, la plainte du marchand qui pleure son profit envolé, expose à l'envi son effort et sa peine, insiste sur les sacrifices consentis, la générosité sans fin dont il a fait preuve envers son protégé, la récrimination du père floué par son enfant, après tant de bontés offertes, de cadeaux restés sans retour. Jean, pour avoir entendu plusieurs fois ce discours, le plus souvent lorsqu'il était question d'argent, savait qu'il fallait en laisser dévider le fil jusqu'au bout. À cours d'arguments, la machine s'arrêtait d'elle-même. Ensuite il s'agissait de ne pas braquer l'adversaire et Jean proposa de poursuivre la discussion à l'abri des regards et des oreilles indiscrètes. Ils regagnèrent le bureau de Piazzo, qu'abritait au fond du XVIe un immeuble encore plus cossu et feutré que le restaurant. Piazzo s'était calmé, il devait ourdir au sein de son petit esprit de nouvelles objections, d'originales suppliques dont il comptait submerger Jean jusqu'à le convaincre.

Ce genre de personnages, sans conscience des limites et d'une fatuité redoutable, possèdent dans les controverses l'avantage incontestable de la démesure. On ne peut les circonvenir, car ils ne s'arrêtent jamais. Seule la fuite met un terme à leur environnante stratégie. C'est ce pour quoi Jean opta à la fin, après un dernier assaut particulièrement dégradant auquel Piazzo se livra devant lui et qui le rendit si furieux qu'il aurait volontiers écrasé son poing au beau milieu du visage veule du parleur. Il préféra décharger sa colère sur une porte contre laquelle il se rua, le capiton amortissant le coup qu'il expédia dans le battant pour l'ouvrir, sans même prendre la peine de tourner la poignée. La serrure céda dans un craquement sec et Jean dévala le grand escalier de pierre en soufflant, plus vite que s'il avait eu à ses trousses les chiens affamés du comte Zaroff en personne.

En une nuit ce fut l'automne. La lumière un peu brouillée des semaines précédentes fit place brusquement à un nouvel éclairage, plus rasant, aux nuances nettes et bleutées. L'air devint frais, on aurait dit qu'à l'intérieur s'étaient introduits des piquants, le matin cela mordait la peau. Les nuages s'amoncelèrent au ciel en paquets floconneux qui voyageaient à toute allure, poussés par les vents. L'intensité de la couleur du ciel changea aussi pour prendre une luminosité nouvelle, soutenue. Il faisait encore beau, mais tout avait changé, jusqu'aux rayons du soleil qui ne chauffaient plus comme avant. C'était venu du jour au lendemain, la saison d'équinoxe avait battu le rappel de ses troupes et tous étaient accourus, ponctuels. Les gens s'affairaient, les rues avaient perdu leur nonchalance estivale et aux terrasses des cafés les cheveux des filles s'envolaient. On avait ressorti les pull-overs des armoires, les coupe-vent, quelques écharpes même apparaissaient déjà. Le changement brusque de climat surprenait tout le monde par son imprévisibilité, on savait bien pourtant que l'été allait prendre fin, mais on ne parvenait pas à se souvenir des sensations si particulières de l'automne, lorsque le soir on ferme la fenêtre en frissonnant, et qu'au matin le bleu du ciel a la pureté cinglante des jours froids à venir.

Jean, qui avait passé près de six mois d'été, reçut la modification de climat à la manière d'un affront personnel. Jusqu'au temps lui-même qui s'armait contre lui! Rien ne le déprimait plus que ce mois de septembre dont il pressentait les turbulences et les averses, par mille signes avant-coureurs qui étaient autant de petits pincements au cœur, de sournoises blessures dont il n'identifiait pas l'origine, confus mélange de nostalgies antérieures et de mélancolies présentes. Il se renferma plus encore et laissa son cœur aller son train de violon triste. Dehors le vent soufflait en rafales désordonnées, fouettant les arbres dont les feuilles bousculées se détachaient, encore vertes, formant d'invisibles courants d'air chargés de poussière qui faisaient s'envoler les papiers et les objets les plus légers.

Au moment où tout se mettait à bouger, êtres et choses, où la fébrilité gagnait chacun à l'approche des nouveaux cycles — rentrées scolaires, plannings annuels, amorces des métabolismes hivernaux —, Jean ressentait l'accroissement du mouvement tel un sursaut, une pagaille spasmodique d'avant la catastrophe plutôt que comme une relance de l'énergie dispersée pendant la saison chaude. Le désordre des circulations, la confusion des déplacements, la brusquerie de toute cette agitation lui donnaient le tournis. Il lui semblait être le seul à percevoir la note tragique du moment, son inquiétante effervescence, quand tous, inconscients du désastre, poursuivaient leur course erratique, particules aveugles d'un vaste mouvement brownien qui emportait tout sur son passage. Le monde s'embrasait et personne ne réagissait, le ciel se déchirait et Jean observait avec effarement les gens sortir leurs imperméables, dans un geste d'une désinvolture qui le sidérait...

Son anxiété augmentait au fur et à mesure que la lumière perdait de son éclat, et à la diminution de la longueur des jours fit bientôt écho en lui une sourde prémonition, celle de l'achèvement d'un monde d'images et de sensations qui plus jamais ne viendraient s'imposer ni à ses yeux ni à ses sens. Le sentiment de perte irréparable qu'il éprouvait lui faisait aimer jusqu'aux manifestations de déclin qu'il observait autour de lui, chaque signe de la fragilité des instants le heurtait par le souci qu'il éveillait de ne jamais réapparaître, rappelant douloureusement à sa conscience le sentiment d'un autre égarement, plus cruel encore.

Il y avait des jours que le téléphone n'avait pas sonné. Face aux appels répétés de Piazzo, Jean avait installé un répondeur, qu'il branchait en permanence. L'autre avait fini par se lasser, mais cela n'avait rien changé, la solitude s'ancrait dans la vie de Jean aussi profondément qu'un harpon crocheté dans les muscles d'un baleineau. Aux messages laissés par d'incertains amis Jean n'avait pas répondu... Sa vie, ce qu'on appelle d'ordinaire la vie, filait comme le temps. Une lente hémorragie, une fuite, rien d'autre. Pas de mouvement, ni heurt ni fêlure, ni souffle. Rien qu'un tic-tac intérieur. Et l'horrible silence tout autour, qui prenait presque consistance tant il s'épaississait.

De temps en temps Jean se levait et s'en prenait à un objet. Il brutalisait une chaise, la secouait, la jetait par terre. Le métal grinçait, l'écho de son froissement emplissait l'air longtemps. Il recommençait, la balançait contre un mur, la frappait encore et encore jusqu'à ce que quelque chose casse, qu'un rivet saute, que le plâtre s'écaille, qu'il y ait une trace, une blessure, que cesse l'immobilité, la tranquille assurance des matériaux. L'appartement au fil des semaines s'était transformé en champ de bataille, mais le temps restait le plus fort, qui imposait inlassablement à l'espace son inertie. Les choses acceptaient tout, elles ne se plaignaient pas, pas de révolte, pas de gémissements. Tout finissait par retomber, redevenait calme. L'air reprenait la pose. Ça le rendait fou ! Il hurlait, vidait de pleins verres de whisky, s'abrutissait enfin, se sonnait lui-même. « Quelle laideur... » soupirait-il, effondré dans le fauteuil à demi crevé, chaque fibre de son corps brûlant de fièvre, souffrant. Pure souffrance au goût de cendre...

Dehors il faisait un temps exécrable, le ciel avait pris une teinte blanc plombé, de crème épaisse qui se frangeait de fumée grise aux bords, c'était écœurant. Tout semblait enveloppé dans un brouillard charbonneux et humide, le froid s'installait. Au fond de lui ça bouillonnait, la cicatrice se faisait attendre, le sang cognait encore, souvent, tapait à son cœur, les plaies se rouvraient sans cesse qui l'épuisaient, l'usaient à maigre feu, le cisaillaient patiemment de l'intérieur. Jean râlait parfois, tel un vieux chien sans force de gronder, il ronchonnait, pitoyable, se dégonflait, tandis que l'alcool l'imprégnait, le bouffissant en surface, l'asséchant en dedans.

140

Par quelque sordide attirance pour la tournure abjecte que prenait sa dégringolade, Jean goûtait sa peine au plus profond de ses entrailles, savourait le néant qui faisait de lui un paria, avançait dans un vide compact et obscur, retenu par un fil, le fil des jours qui rétrécissaient à vue d'œil, jusqu'à devenir translucides, imperceptibles. Il rampait au fond d'un vaste égout fangeux, où l'attendaient, tapis, les démons de la nuit. Les siens surgissaient un à un, l'attirant vers l'abîme, l'obnubilant de leurs chants grinçants, le brisant peu à peu, doucement, tels de délicats bourreaux. Il s'enfonçait au rythme ralenti d'un naufrage et les masses qui le submergeaient étaient de vapeur, de fluide transparent, d'insaisissable matière après laquelle il courait, les bras tendus comme ceux d'un aveugle en fuite. Son déclin épousait les formes d'une agonie mesurée, assortie de courtes rémissions, à peine quantifiables tant elles apportaient peu de soulagement.

Dans ses délires, il invectivait la terre entière. Il s'en prenait à tous, les petits et les grands, les pauvres et les riches, les honnêtes gens et les crapules, les vivants et les morts. Pas un qui ne trouvât grâce à ses yeux... Chaque jour de nouvelles catégories venaient grossir le flot de ses logorrhées d'invectives, il ajoutait à la longue liste de ceux qu'il méprisait déjà les malheureux qui jusque-là avaient échappé à sa vigilance, mais qu'il finissait par débusquer et qu'il passait au crible de sa misanthropie. Lui qui ne s'était jamais soucié des autres se prenait à leur chercher querelle, s'y intéressant brusquement il les découvrait épouvantables, haïssables.

Les vieux se révélaient les pires, Dieu sait pourquoi. Il les insultait à voix haute, haranguant d'imaginaires foules de témoins, qu'il appelait à ouvrir les yeux sur la trahison des hommes et du monde. L'article sur les anciens le laissait si plein de fureur qu'il cessait un instant d'injurier ses ennemis, le temps d'une accalmie dont il profitait pour se verser un verre. Sa colère était alors si profonde, sa rage si étouffante que seul l'alcool fort le brutalisait suffisamment pour lui permettre de reprendre son souffle. Il repartait pour la scène suivante, comme s'il eût depuis des années répété ces mêmes tirades, donné la réplique jour après jour à un public aveugle et sourd, comme s'il s'était défoncé la carcasse pour jouer cette étrange pièce de haine, devant une salle vide. Rien ne l'arrêtait cependant, pas même le jour qui baissait et laissait entrer dans la pièce l'obscurité, pas même le froid qui montait avec le soir...

Tandis qu'il parlait, il accompagnait ses diatribes de gestes violents, de crochets du droit qu'il expédiait dans l'air chargé de fumée, il se battait contre un invisible adversaire, luttait dans des corps à corps essoufflants sans cesser de déblatérer. Il était devenu une sorte de cri de révolte incarné, qui, lancé depuis de vraies planches, aurait mis mal à l'aise n'importe quel spectateur de théâtre d'avant-garde. Quelqu'un qui l'aurait observé aurait eu honte pour lui avant d'avoir pitié.

9

La pensée de la jeune fille du mois d'août obsédait Jean par phases. Il se réveillait certains matins, son image devant les yeux, soit qu'il eût rêvé d'elle ou que le jour nouveau ait imposé son souvenir, et de la journée il ne faisait que ressasser l'humiliation de ne jamais l'avoir revue. Dès qu'il laissait aller sa pensée, elle venait se caler sur la scène qu'il avait mille fois évoquée, si souvent que sa mémoire en demeurait tout imprégnée, comme marquée à vif. Cet instant d'été s'était inscrit en lui à la manière d'une aiguille incluse sous la peau, alimentant depuis des semaines l'angoisse de ses nuits et l'ennui de ses jours. Des pans de répit s'intercalaient, des périodes de quelques jours durant lesquelles il considérait avec indifférence cette perte, avec nonchalance presque la solitude dans laquelle l'enfonçait la négation de toute autre relation. Il ne voyait plus personne, se repliait de plus en plus, fuyait jusqu'aux passantes dans la rue. La rencontre avortée cristallisait à ses yeux toutes les impossibles rencontres, il s'obstinait avec l'entêtement des déprimés à ne plus croire en un lendemain qui aurait fait surgir un nouveau visage, une nouvelle perspective. Il ne voulait pas d'autre sentiment que celui du désenchantement, pas d'autre stimulation pour son esprit malade que l'image de l'éclair entraperçu et qui aurait dû provoquer l'incendie, quand il n'avait fait que briller au ciel un bref instant. Il était atteint désormais par une détresse si profonde qu'il avait parfois l'impression que le sol se dérobait sous lui, brutalement.

Jean passait des jours sans manger, furieux contre l'esclavage de la nourriture. « Toujours devoir manger ! » grognait-il en avalant des morceaux de sucre arrosés de rhum ou de whisky. Des vertiges l'étourdissaient certains soirs, parfois des douleurs pointaient, semblables à des coups portés à l'estomac par la nausée, des crampes le vrillaient aussi, de temps en temps, la nuit ou au petit matin, dans les aubes glauques des premiers jours d'hiver. Il se crut malade, et sans doute aurait-il préféré être atteint d'une de ces anémies que l'on soigne par comprimés de fer et cures de magnésium, ou bien encore par quelque infection virale d'un nouveau genre, dont on ne connaît pas le remède mais qui un jour s'en va, après des semaines de fatigue extrême, d'épuisement intérieur, comme disparaissent au ciel les hirondelles, brusquement...

Il consulta un spécialiste des pathologies étranges, un Asiatique diplômé de Berkeley qui recevait en tenue de golf, pull blanc à côtes et pantalon de laine écrue. Le Chinois l'inspecta partout, le palpa sous les aisselles, le cogna aux genoux, puis revint s'asseoir à son bureau et dit : « vous n'avez rien. Surmenage, ennui ou chagrin d'amour, vous savez mieux que moi, c'est l'un des trois, peut-être deux ensemble. Allez-y doucement sur l'alcool et arrêtez la cocaïne, si vous pouvez... » Comment savait-il ? Il y avait longtemps pourtant qu'il n'y touchait plus. « Je n'en prends plus, dit-il au médecin. — Je disais ça comme ça, soupira l'autre. — Quoi d'autre ? demanda Jean. — Rien, c'est là que ça se passe », répondit le Chinois en lui frôlant le front du bout de son index. Le contact de son ongle froid fit frissonner Jean, mais en rentrant chez lui, il se sentit mieux. Ne pas être malade le réjouissait plus qu'il n'aurait cru. Pour fêter ça il descendit une bouteille entière de pur malt dans la soirée. Il lui fallut plus de vingt-quatre heures pour dissiper les suites de sa cuite et il profita de ce que d'étranges lutins chinois dansaient la sarabande dans sa tête pour

146

rester au lit. Vautré sous les couvertures, il regardait les fissures du plafond et cela lui faisait du bien. Dehors la ville s'agitait, des camions roulaient dans les rues et des éclats de voix parvenaient jusqu'à l'appartement.

Son répit fut de courte durée et il reprit bientôt le rythme incantatoire de ses monologues hostiles. Quand, las de tourner dans la pièce comme un fauve en cage, las de dormir et de se saouler alternativement, épuisé par les discours emportés qu'il avait éructés à demi ivre, il se reprenait brusquement, l'espace d'une fraction de seconde, contemplant de l'intérieur le désastre de sa personne ravagée, il fuyait brusquement l'appartement, courait au-dehors. La voiture le recueillait, bienveillante, et l'emportait dans la ville, histoire de le distraire de ses noires pensées, de l'écarter quelques heures des sombres territoires où il avait trouvé refuge désormais. L'Oldsmobile le maintenait en vie, elle représentait le seul lien qui le retenait à la réalité, peut-être même à l'existence. Aussi étrange que cela puisse paraître, conduire cette auto lui rendait quelque dignité, à un moment où cela lui faisait particulièrement défaut. Installé au volant, il retrouvait un semblant de prestance, son reflet dans les surfaces vitrées des avenues lui renvoyait une image à l'allure presque normale, il se sentait moins misérable, et sans doute cela tenait-il aux regards admiratifs des passants qui se retournaient sur l'Oldsmobile, dont, de la couleur ou de la ligne, Jean se demandait ce qui attirait le plus l'attention. Il la traitait comme on s'adresse à une personne, la soignait, la considérait. Sa voiture était devenue l'unique compagnie de Jean, son seul extérieur.

Piazzo revint à la charge, plus brutalement. Un jour qu'il rentrait d'une virée automobile, Jean trouva à sa porte deux malabars qui sans même proférer un son le saisirent chacun par un bras et l'entraînèrent. Ils le poussèrent dans une grosse voiture aux vitres fumées, cela le fit imprudemment rigoler et il reçut en guise d'avertissement la grosse patte d'un des costauds en travers de la figure. Le coup lui fit naître une gerbe d'étincelles devant les yeux, il se tut donc et se tassa contre la vitre. Dehors il pleuvait à verse.

Piazzo le reçut fraîchement, couvant sa colère derrière un rideau de fumée. « Numéro deux », dit Jean désinvolte, après que le plus large des hommes de main l'eut poussé d'une bourrade à l'intérieur du bureau. Piazzo attrapa son cigare entre deux doigts, le regarda et fit signe à Jean de s'asseoir.

— La comédie a assez duré, dit-il assez banalement.

Jean lisait dans son regard la surprise, et à la
touche floue qu'il discernait au coin de l'œil gris
de Piazzo il comprit que l'autre le détaillait,
alarmé par son apparence brusquement abîmée.
Non qu'il prêtât attention à la bosse rouge que
Jean sentait enfler sur sa tempe, mais c'était plutôt l'allure générale de son assassin préféré qui
choquait le gros homme. Jean, en deux mois,
avait sérieusement décollé... Piazzo se calma un
peu.

— Écoute-moi bien, Jean, démarra-t-il, j'ai
eu beaucoup de patience avec toi, j'ai même pris
des risques, mais maintenant j'en ai assez. Il faut
que tu reprennes. J'ai besoin de toi et tu n'as
plus le choix. Je t'ai laissé le temps, je t'ai
accordé plus qu'à n'importe qui, mais c'est fini.
Compris ? Alors attrape cette enveloppe et
remets-toi au boulot.

Piazzo tendait l'enveloppe par-dessus son
bureau, un bureau si large que Jean dut allonger
le bras pour la saisir. Piazzo avait l'air inquiet,
et un peu fatigué. Lui aussi avait vieilli, son
visage se boursouflait de plis striés de rides. « Il
est affreux à voir, pensa Jean, on dirait un cra-
paud-buffle à l'agonie. » Jean se taisait. Il n'y
avait rien à dire... Il n'avait pas changé d'avis
mais cela ne servait plus à rien désormais de le

répéter à Piazzo, Piazzo qui regardait la grosse bague qu'il portait à l'annulaire droit, en la tripotant nerveusement. « Il a des soucis... » pensa Jean.

— Tu veux pas le faire ? lâcha le patron sans lever les yeux vers lui.

— Je n'ai rien dit, soupira Jean qui avait reposé l'enveloppe sur le bureau.

— Qu'est-ce qui ne va pas ? Pourquoi tu me lâches comme ça ? Tu sais très bien que je peux pas trouver un gars comme toi facilement. Laisse-moi au moins le temps de recruter. Quelques mois... je t'en demanderai le moins possible.

Voilà qu'il recommençait avec ses jérémiades. Jean attrapa ses yeux au passage et planta les siens dedans.

— Et si je refuse, je suppose que tu m'enverras tes deux zouaves pour me descendre... Vas-y, Piazzo, je ne te dois rien, et je me fiche de crever maintenant, je trouve moi aussi que tout ça a assez duré. Tu peux chercher à m'emmerder, tu peux m'en faire baver, tu peux me démolir et même m'éliminer, jamais tu ne m'atteindras. Je ne céderai pas, parce que je me fous de tout ça et que je n'ai pas peur de toi. Descends-moi tout de suite si tu veux, allez, montre-moi comme tu es résolu, comme tu as du cran.

Piazzo écrasa son gros cigare dans un cendrier massif en cristal et Jean crut l'espace d'un instant qu'il allait lui balancer le pavé transparent à la tête. Mais non, rien... Le truand se leva, il fit le tour de son bureau et vint jusqu'à Jean, lentement.

— Dégage maintenant, dit-il sans le regarder, j'en ai par-dessus la tête de tes états d'âme. Fous le camp d'ici, et ne reparais plus jamais devant moi. Si j'ai le malheur de te rencontrer un jour, je te buterai moi-même, Jean, le prince Jean, beau chevalier des ténèbres aux grands principes, noble assassin au cœur de fille.

Et Piazzo se mit à rire, les quintes soulevaient son torse, gonflaient sa poitrine qui hoquetait soudain sous la violence du spasme. Il riait la bouche grande ouverte, se pliait vers l'avant, expulsait son rire tonitruant, s'étouffant à moitié, pleurant presque, se tenant les flancs, incapable de contenir l'hilarité qui s'était emparée de lui. Jean le regardait, éberlué. Il était resté assis et contemplait le spectacle de Piazzo se tordant de rire. Bientôt cela le fit sourire, puis le rire le gagna à son tour. Il ne savait au juste ce qui le faisait s'esclaffer, mais la situation elle-même, par son ridicule, s'y prêtait. Lorsque enfin le patron se calma, il se dirigea vers un meuble noir qu'il ouvrit et dont il sortit une bouteille et deux gros verres de baccarat.

— Buvons une dernière fois ensemble, je ne veux pas que nous nous quittions fâchés, dit-il en poussant le bourbon vers Jean.

Ils trinquèrent.

— Piazzo, dit Jean, je ne te demande pas de me comprendre, simplement de respecter mon choix.

— Tu es malade? s'enquit l'autre, brusquement.

— Non, je ne crois pas.

— Tu en es sûr? Tu devrais voir quelqu'un, quand même.

Il attrapa un gros carnet, feuilleta les pages et inscrivit quelques mots sur un bloc.

— Tiens, c'est l'adresse d'un bon médecin. Vas-y de ma part.

Jean prit le papier, remercia — qu'est-ce qui poussait ce gros lard à toujours vouloir l'aider? Même excédé, il trouvait encore le moyen d'essayer de le piéger par sa sollicitude ridicule. Jamais il ne le lâcherait... — et quitta le bureau. Il descendit le grand escalier en courant et sortit de l'immeuble, presque haletant. Dehors l'avenue Henri-Martin alignait ses beaux immeubles, la pluie avait cessé et le soleil réapparaissait à l'heure du couchant, formant à l'horizon un halo rose orangé du plus subtil effet. « Tout pour les mêmes », lança Jean. Cela, il le savait pourtant depuis longtemps, car il était des leurs, justement, de ceux qui possédaient tout, jusqu'à la beauté des couchers de soleil, et jouissaient de leur bien sans réserve. C'était cela que Piazzo enviait chez lui, et auquel il n'accéderait jamais.

Jean chercha l'Oldsmobile des yeux un instant, le temps de se souvenir qu'on l'avait amené ici et qu'il n'avait pas sa voiture. Il partit à pied jusqu'à l'arrêt du bus 63. Il faisait froid, l'air était encore imprégné d'humidité, les silhouettes des arbres s'agitaient dans le vent, souffrant dans leur nudité d'hiver. Jean releva le col de son manteau, enfonça les mains dans ses poches. L'autobus ne venait pas... Il attendit en sautant sur place, pour se réchauffer. Sur le trottoir d'en face une femme qui promenait un chien détourna la tête en le voyant. Il haussa les épaules, ferma les yeux. L'air qu'il inspira sentait légèrement le soufre... Lorsqu'il rouvrit les yeux, il aperçut un 63 qui arrivait de l'autre côté de l'avenue et subitement, Jean prit son élan, traversa la chaussée en courant et gagna l'arrêt juste à temps pour attraper l'autobus. En deux stations il fut au terminus de la porte de la Muette, d'où il rejoignit le bois en quelques minutes.

Le ciel à l'horizon avait encore rougi. Les allées rectilignes semblaient sinistres, comme couvertes d'un voile sanglant. La splendeur du soir soulignait la désolante nudité des arbres frileux et Jean entendit son estomac se serrer. Il se dirigea vers le lac. Au loin Passy et Auteuil s'allumaient, les réverbères du chemin de ceinture n'avaient pas encore jeté leur lumière vacillante, il faisait déjà sombre. Tout était vide, nu et silencieux. L'eau clapotait doucement contre les berges de ciment. Que cette fausse nature lui semblait dérisoire soudain et piètre dans son incapacité à faire illusion... Pour la deuxième fois depuis son retour, Jean repensa à l'Amérique, ou plutôt, l'Amérique s'imposa violemment à son souvenir, à la manière d'une explosion dans sa mémoire, qui le submergeait de nostalgie. Les images bondissaient devant ses yeux, éclatantes de lumière sèche, pures. Combien ces paysages possédaient de force, songea-t-il, et combien leur dimension, la puissance de leur âge et leur harmonie lui manquaient en cet instant... Au lieu qu'ici ne s'offrait à l'œil qu'une ridicule tentative de mettre un peu de nature dans la ville, ce bois de Boulogne n'était qu'une plantation factice et souffreteuse, ternie, stupide dans sa vilaine apparence.

« Ah! vraiment je n'avais pas besoin de ça, lance Jean tout fort, comment ai-je pu aimer follement cette ville, quand tout y respire la vieillesse et la fatigue, comme sur les décombres

154

et les ruines encore tièdes flotte l'odeur de la mort. Le vieux continent est fini, c'est un chant funèbre qu'entonnera bientôt le vent, s'il parvient encore à souffler... »

Le bistrot fermait. Nous n'avions pas vu la nuit tomber, pas plus que je n'avais prêté attention à ce que l'on nous avait servi à manger, et que j'avais avalé les yeux fixés sur Rose, en l'écoutant parler. Je regardai ma montre : il était presque minuit. Je proposai à mon amie de la raccompagner chez elle. On partit à pied.

Je lui avais toujours connu le même appartement. C'était un studio lumineux, plutôt grand, au dernier étage d'un immeuble du quartier Saint-Paul. Depuis les fenêtres on voyait des superpositions de toits imbriqués les uns dans les autres, en zinc piqueté de cheminées rouge brique. C'était un endroit charmant, comme en renferme le Marais, à la fois vieillot et soigné, un peu biscornu, rattrapant par l'élégance du décor extérieur l'étroitesse un peu spartiate de l'appartement lui-même. Il avait été offert à Rose par les parents de Jean, peu après leur divorce. Rose et Jean s'étaient connus tout jeunes, leurs familles entretenaient des liens d'amitié très étroits et ils avaient passé ensemble une grande partie de leur enfance. Insensiblement, à l'adolescence, l'amour avait remplacé la camaraderie enfantine et aucun des quatre parents n'avait su ou voulu dissuader les jeunes gens lorsqu'ils avaient évoqué le désir de se marier. Ils avaient l'un et l'autre à peine dix-sept ans. L'entrée dans l'âge adulte, avec ses tourments et ses prises de conscience, ses crises existentielles et cette confrontation parfois brutale avec le réel dans ce qu'il a de plus insaisissable, avait été fatale à leur histoire d'amour. Ils s'étaient séparés peu de temps après avoir fêté leur vingtième anniversaire. Les parents de Jean, en offrant à Rose le studio dans lequel vivait le jeune couple, avaient sans doute souhaité compenser par ce geste une perte dont ils tenaient leur fils pour responsable. Je n'avais jamais pu faire parler Rose sur ce sujet. Elle se refusait depuis des années à porter le moindre jugement sur cette rupture précoce. Jamais elle n'aurait émis la moindre critique envers son premier et unique mari. Les parents de Jean avaient peut-être eu à ce moment de bonnes raisons de douter de la solidité de leur fils, mais je ne devais pas compter sur Rose pour me le confirmer. Elle avait pourtant accepté l'apparte-

ment, plus sans doute en forme de gage sentimental que de reconnaissance de dette.

Cela faisait des années que je n'étais pas venu
chez elle, mais je retrouvai immédiatement
l'atmosphère que j'avais toujours aimée dans ce
lieu, du temps où nous étions amants, faite de
clarté et de simplicité. Les murs étaient peints
en jaune clair et la lumière électrique donnait à
cette couleur une nuance dorée, dont les rideaux
d'un bleu outremer profond venaient atténuer
la chaleur. Au centre d'une petite table basse en
bois peint, Rose avait posé un gros vase ventru
rempli de freesias jaunes et d'iris. Une vague de
souvenirs afflua et mon cœur se serra brusquement, à l'évocation subtile des moments heureux de notre jeunesse. Rose dut ressentir mon
trouble, à moins qu'elle-même n'ait été sensible
à de semblables réminiscences.

— Assieds-toi cinq minutes, me dit-elle
brusquement en me poussant vers un petit
canapé.

Il me sembla déceler, à la précipitation avec
laquelle elle sortit d'un placard deux verres et
une bouteille de soda, une sorte d'inquiétude,
de fébrilité inhabituelle. Rose, malgré sa vivacité
expansive et ses éclats de rire soudains qui pouvaient la faire passer pour quelqu'un d'inutilement excité, était une personne équilibrée et peu
impressionnable. Elle n'offrait pas grand-prise à

161

ce qui bien souvent rend les filles nerveuses et les porte en un rien de temps à l'hystérie. Je l'avais rarement vue perdre le contrôle d'elle-même et encore moins agir dans l'affolement. Or, lorsqu'elle versa la boisson dans les verres, j'aurais juré qu'elle n'avait aucune idée de ce qu'elle faisait.

Elle était ailleurs, et pourtant j'eus l'impression qu'elle ne souhaitait pas me voir partir trop vite. Cela me surprit d'autant plus qu'elle avait toujours manifesté à mon égard une indépendance presque excessive. J'avais souvent été peiné de la fermeté avec laquelle elle me poussait hors de sa vie, employant pour m'éconduire ces manières élégantes et discrètes auxquelles les femmes ont parfois recours quand elles tiennent à ce que vous compreniez bien que leur refus est sans appel. Avec douceur Rose maintenait la distance et c'était sans doute plus contre quelque part obscure d'elle-même qu'elle résistait, quand de mon côté je ne souhaitais qu'entretenir et prolonger notre amitié. Il y avait bien longtemps que je n'avais plus songé à lui faire la cour, et la faiblesse qu'elle manifestait soudain ce soir-là m'en dissuada plus que toute autre forme de protection qu'elle aurait pu songer à m'opposer. Elle avait besoin qu'on soit à ses côtés, qu'on l'écoute et qu'on accepte sa peine. N'importe qui aurait pu faire l'affaire, ai-je alors pensé avec une humilité savoureuse. Car en dedans je me réjouissais que ce fût moi.

Rose était revenue à Paris vers le début du mois de décembre. Elle rentrait d'Asie où elle avait passé plusieurs mois, sur des sites archéologiques m'expliqua-t-elle sans me donner plus de détails. Elle trouva Jean dans l'état lamentable où l'avait plongé l'automne finissant. Elle me raconta comment, ne parvenant pas à le joindre au téléphone, elle s'était rendue chez lui un matin. Elle tambourina plusieurs minutes à la porte avant qu'il ne se décidât à venir lui ouvrir. À onze heures du matin, Jean tenait à peine debout. Il était habillé — si l'on peut appeler ainsi la tenue que Rose me décrivit — mais en fait il dormait encore, et sur le sol du salon des bouteilles vides traînaient, renversées. Jean fit entrer Rose et se laissa tomber sur un canapé, peut-être avait-il sombré là, incapable de se dévêtir et de se hisser jusqu'au lit. Ses paupières gonflées découvraient les yeux striés de veinules rouges. Il avait maigri et sa peau, sous la chemise ouverte, plissait au ventre et sur les flancs. Rose s'assit près de lui et l'entoura de ses bras. Jean se mit à pleurer, accroché à elle comme un petit enfant. Rose me raconta l'épisode les larmes aux yeux. La vision qu'elle avait eue de son ex-mari à ce moment l'avait sans doute beaucoup impressionnée.

C'est ce jour-là que Jean lui parla de son séjour américain et de sa rencontre, au retour, avec l'inconnue en robe bleue. Il l'évoqua de façon si précise et obsessionnelle que Rose ne comprit pas tout de suite que seul un échange de regards avait eu lieu entre eux. Elle crut tout d'abord à une aventure échouée, une de ces amourettes de l'été qui finissent avec les premiers nuages d'octobre, avant de saisir que Jean ne savait rien de la fille, ni son nom, ni où elle vivait, encore moins qui elle pouvait être, absolument rien d'autre que le souvenir de son visage enfantin et de ses lunettes de soleil. Rose questionna. Elle finit par apprendre l'existence de celui que Jean appelait « le monstre », le grand roux qui accompagnait la jeune fille. Jean avoua avoir jeté ses agendas quelques semaines plus tôt, dans un accès de déprime, perdant ainsi toute possibilité de remonter aux sources, à compter qu'il en ait encore eu l'énergie. Il se trouva pourtant que Rose connaissait elle aussi le Descamps en question, peut-être même était-ce chez elle que Jean l'avait vu pour la première fois... Elle promit de lui téléphoner, Jean la supplia de n'en rien faire, elle insista, il lâcha prise d'autant plus aisément qu'il avait déjà peine à soutenir sa propre détermination à rester éveillé, à plus forte raison volontaire en quoi que ce soit.

Rose ne prit pas vraiment garde à cette affolante lubie qui travaillait Jean, mais ce qu'elle vit de son état général l'alarma au point qu'elle vint s'installer chez lui quelques jours, le temps de le remettre sur pied, de l'aider en quelque sorte à rassembler ses esprits. Elle le força à manger, l'empêcha de boire, veilla son sommeil troublé et lui fit absorber des petits cachets blancs lorsque l'anxiété le submergeait si fort qu'il se mettait à crier en pleine nuit, bondissant de son lit et s'accrochant à tout ce qu'il trouvait sur son chemin, meubles, lampes, rideaux, tandis que Rose remplissait fébrilement un verre d'eau au lavabo et sortait de son sac les pilules de bromazépam.

Au bout de quelques jours, Jean se sentit mieux et assez vaillant pour sortir. Il emmena Rose déjeuner sur l'île de la Jatte. Au cours du repas, elle lui fit part des conclusions de l'enquête qu'elle avait menée au téléphone : Descamps connaissait à peine la jeune fille avec qui il se promenait ce jour du mois d'août. Tout ce qu'il savait d'elle tenait en deux mots : elle habitait dans le quartier de Saint-Sulpice, près du Luxembourg, avait-il précisé. Il ne se souvenait même plus de son prénom exact, Isis ou Iris... Quant à son nom de famille, il ne l'avait,

165

lui semblait-il, jamais entendu! Jean porta la main à son front et appuya sa tête contre sa paume, en soupirant. Rose ne sut si c'était de soulagement ou de désappointement. Elle trouvait pour sa part les précisions amplement suffisantes, et ne doutait pas que Jean vît prochainement la fin de ses soucis, qu'elle refusait d'attribuer à autre chose qu'un caprice supplémentaire qu'il abandonnerait sitôt qu'il serait satisfait.

Jean lui parut toutefois assez d'aplomb pour qu'elle le laissât se débrouiller tout seul et dès le lendemain elle rapatria chez elle ses quelques affaires et retourna à son existence de cigale, beaucoup plus gaie et entourée que celle qu'elle avait eu à supporter chez Jean. Il savait où la trouver s'il en éprouvait le besoin, se disait-elle, bien qu'elle ne se fît guère d'illusions sur la disposition de son ex-mari à demander de l'aide. Les années malgré tout lui avaient appris à cultiver le petit champ d'égoïsme qui lui permettait de ne pas verser dans une compassion excessive, l'humeur de Jean le portant trop souvent à ces crises de défaitisme aigu qu'elle savait temporaires, même si elles revenaient aussi régulièrement que la chute des feuilles ou la saison des pluies en pays de mousson.

Jean en effet émergea bientôt de son antre et

s'administra quelques gifles intérieures. D'abord il révisa sa garde-robe et s'aperçut que la plupart de ses vêtements avaient souffert de son extrême négligence et gisaient, roulés en boule tels de vulgaires paquets de chiffons, tachés, troués parfois par des brûlures de cigarette qui faisaient çà et là de petites perforations bien rondes, ourlées de brun. Il jeta dans un sac ceux que le pressing pouvait encore sauver et porta les autres à la poubelle. Puis il rendit visite au tailleur anglais qui l'habillait durant la saison froide et commanda deux costumes sombres, assez semblables à ceux qu'il avait emportés au Nouveau-Mexique. Il choisit aussi deux pantalons en drap de laine ainsi qu'une veste en prince-de-galles dont la coupe comportait plusieurs petites poches superposées sur les côtés. Il s'arrêta ensuite chez le chapelier de l'avenue George-V où il acheta un feutre brun à large ruban crème, et enfin un peu plus loin chez un chausseur de la rue Marbeuf qui fabriquait des souliers sur mesure, pour lesquels il choisit un cuir bronze, aux reflets presque métalliques.

Puis il rentra chez lui, vaguement inquiet d'avoir précipité ces achats, avant même de tenir la raison qui les justifierait. L'idée qu'il lui faille encore attendre le temps de leur confection le rassurait un peu, par quelque absurde superstition. Une autre considération, tout aussi stu-

167

pide, le portait au contraire à penser que seul l'achèvement de son apparence physique lui permettrait d'approcher l'instant des retrouvailles. Il lui fallait, à la manière des personnages de contes qui au seuil d'un long voyage initiaque se munissent d'un attirail d'objets hétéroclites à l'usage improbable, compléter sa panoplie, se tenir prêt pour le grand départ. Ce qui à d'autres aurait paru superflu et même futile — quand il s'agissait de toute évidence d'autre chose que de vêtements, mais bien d'un souci d'une nature à désespérer n'importe quel homme — lui semblait à l'inverse de la première importance. L'enjeu de la partie qui allait se jouer maintenant valait bien que l'on revêtît ses plus beaux habits... Il y allait d'une sorte d'honneur à ne pas se présenter devant ses juges en tenue négligée, à ne pas, le jour du verdict venu, perdre la dignité qui confère à l'homme son humanité, dans sa dimension inaliénable. Jean avait-il conscience de ce que l'affrontement à venir allait renfermer de dangers, pressentait-il, même confusément, vers quel port il se dirigeait désormais, et qui ressemblait plus au dernier mouillage des navires que l'on va réformer qu'au havre où transitent pour une nuit les grands croiseurs ?

Rose prétendait qu'il ne s'était douté de rien, je me pris à imaginer de mon côté qu'il avait deviné dès le premier instant. Bravement, il ne recula pas sur le chemin qui allait l'exposer aux traits fatals que lui porteraient les flèches empoisonnées qui le visaient déjà et entreprit bientôt de rôder assidûment, à pied ou au volant de la trop voyante Oldsmobile, aux abords proches du Luxembourg, côté Sénat et fontaine de Médicis.

IRIS

1

Un jour qu'il était arrêté au feu rouge il la vit, mignon petit elfe qui trottait en bottines écarlates. Il bondit hors de l'Oldsmobile et court vers elle — « vous vous souvenez ? — mais oui, venez par là, ils vont nous écraser, ces gens sont déchaînés » — et le concert d'avertisseurs d'applaudir à leurs retrouvailles, la voiture vide, portière ouverte, moteur au ralenti, ronron tranquille de l'Oldsmobile patiente, fureur de ceux derrière, manœuvrant comme des diables, sourds à l'appel du désir, aveugles à l'amour, que de spectacles se perdent en ville, d'instants de pur bonheur dont nul ne se soucie ! Et les deux de se sourire, elle avec sa mine de poupée, son visage à coller sur les publicités, lui ténébreux, brûlant d'une sombre flamme, soulevé par un élan qui le porte vers elle, se faisant enrobant, envoûtant, « venez par ici petite demoiselle, allons nous réchauffer », car l'hiver

est venu entre-temps, l'hiver froid et brillant.
Plus de bleu, plus de lunettes de soleil, plus de
grand rouquin, ceux-là sont faits pour les beaux
jours, plus de sourire énigmatique, « vous res-
semblez, dit-il, aux filles en bonnet de ski des
boîtes de chocolats, celles qui ont les yeux bleus
et des bouches bien rouges, sur fond de neige.
— Où est la neige ? » dit-elle en riant.

Ils s'engouffrent dans un café où flottent des
odeurs qui font dès l'automne se frotter les
mains, « mettons-nous là », dit-elle et son gant
tapote la banquette, « si près ? si serré ? » pense-
t-il, « aurez-vous assez de place ? » s'inquiète-
t-il tout haut. « Lorsque je vous aurai approchée, s'énerve-t-il tout bas, lorsque je t'aurai
encerclée, envahie, lorsque je serai si pressé, si
collé que je serai dedans et toi autour de moi... »,
« un chocolat chaud » commande-t-elle, « pour
vous faire plaisir » ajoute-t-elle vers lui, « un
crème », dit-il, c'est le mot qui lui vient aux
lèvres en évoquant les siennes, au coin de ses
lèvres l'écume de son corps à lui, tout mélanger,
tourner longtemps le sucre dans la tasse, la
regarder boire délicatement, garder les doigts
crispés sur la cuillère pour prévenir les tremble-
ments, ne pas fumer encore, ne pas se trahir,
parler, lui parler, dire quelque chose... Mais déjà
les yeux clairs de la fille se posent sur les siens,
les abaissent et son doigt d'un frémissement

signifie le silence, il sent en lui s'alanguir des membranes, se liquéfier des humeurs glauques, ses poumons se décrispent, il va respirer un grand coup, des chapes se relâchent, se soulèvent, le libèrent enfin d'un poids qui l'opprimait et c'est comme un souffle qui s'échappe de lui, un parfum qu'il exhale, mêlé à l'odeur du café, du tabac, qui prend soudain la suavité exquise des matins purifiés.

Mourir en cet instant, finir ici, se fondre en elle, absorbé par sa bouche, happé par ses narines, dilué dans ses yeux, englouti par son sexe, vidé de sa substance, laissé à l'état d'enveloppe, de parchemin, desséché sur place, ruiné par elle, dévoré et absous. Une phrase lui revient, de Musset, qu'il murmure. Elle le regarde, les yeux pleins de surprise.

— Vous avez des fraises ? envoie-t-elle au garçon qui passe, secoue la tête sans même ralentir.

« Vous avez une maîtresse ? chuchote-t-elle en attrapant un sucre, l'œil soudain détourné, l'air de qui s'en désintéresse.

Il pourrait la toucher, il est si près qu'il voit la veine de son cou soulever la peau par à-coups réguliers, il avance la main, tend les doigts, va tout près, « je peux ? », brusque volte-face de la blonde, elle est tournée vers lui maintenant et lui la main en l'air qu'elle attrape au vol, « taratata, dit-elle, tu n'as pas répondu, et d'abord c'est vilain les taches de cambouis, là, sous les ongles... ». « Zut, pense-t-il, je ne me suis pas méfié tout à l'heure en vérifiant l'huile, cette voiture me perdra ! » Fermer les yeux, ne rien oser, juste garder les doigts contre les siens, tirer à lui ? l'attirer ? « Petite poupée, tu ne m'échapperas pas comme ça, maintenant que je t'ai trouvée, je vais faire le gentil cette fois-ci, juste une fois, une seule fois pour tes jolis yeux, mais la prochaine tu y passes, le cambouis tu l'auras sur tes fesses, sur ton ventre, et mes mains partout sur toi, en toi, exploration systématique et détaillée... » Il sourit, sans ciller. Épreuve des regards.

— Nom, numéro de téléphone, finit-elle par lâcher, joyeuse.

« Et voilà, dit-il à l'Oldsmobile laissée en carafe, réjoui dedans, radieux dehors, en route ! Ma vierge des neiges, ma porcelaine, ma nounou, mon étoile, je la tiens ! Je l'ai lu, j'ai vu au fond de ses prunelles de béryl l'envie, l'appel qui serre l'estomac et gonfle le cœur d'émotion, trouble la clarté des regards et fait monter des profondeurs des vagues de désir qui s'échouent sur la bouche, en anémones translucides et mouillées. »
Il sourit maintenant, caresse le volant de son

auto, traite les piétons en galant, ménage les dis-
traits, pardonne aux imbéciles, fait signe de passer aux vieux qui traversent hors des clous,
canne en l'air, l'air effaré. « Allez-y ! bonnes
gens, gardez-vous de vous dépêcher, la mort
viendra bien assez tôt, regardez sur l'autre trottoir elle est déjà là grimaçante, qui vous tord la
figure de peur, passez aussi petits enfants,
insouciants et criards, et méfiez-vous, la vieille
maquerelle aime aussi les chairs tendres et les
jeunes cartilages qui se disloquent aisément, et
vous encore couples étranges qui vous côtoyez
sans un mot, tandems muets sombrés dans
l'habitude, passez tous ! tandis que vous courez
à votre fin je revis, je renais, je sens monter le
souffle des grandes passions dans ma poitrine
dilatée, le flux chaud de l'espoir inonder mes
artères et ranimer mon sang. »

Jean se sent si plein d'énergie que la ville tout
entière lui paraît trop étroite. Il a besoin d'air et
d'espace, de quoi se remuer, bouger les jambes,
battre des bras en moulinets désordonnés, courir peut-être. Le Luxembourg proche n'est
qu'un jardin sage mais il y entre et l'odeur
humide du parc le saisit, il la renifle en larges
inspirations, les narines dilatées, tournant la tête
brusquement pour humer d'autres courants
d'air porteurs de senteurs végétales différentes,

de décomposition légère, de feuilles mortes et de terre fraîche. Il poursuit les marrons d'Inde du bout de sa chaussure, les envoie valser contre les arceaux qui entourent les pelouses, il donne de grands coups de pied dans des tas de feuilles rousses accumulées par les balayeurs, faisant bruisser les tumulus trop légers qui vont s'éparpiller sur les allées, nonchalamment. Il lui vient des envies de se jeter sur les arbres, de les secouer frénétiquement, de mordre leur écorce, de se rouler dans la terre noire au pied des grands marronniers, de manger les bourgeons des pommiers palissés du verger, dont les branches parallèles et horizontales lui rappellent les déesses indiennes aux bras multiples et qui dansent, mains bien à plat sur le côté. Il n'y a presque personne au jardin, c'est un de ces jours gris de décembre, brumeux, indécis, dans les allées il croise de vieux messieurs solitaires qui marchent lentement, en pardessus gris foncé et chapeau. Nul enfant, c'est l'heure de l'école, et pas de jeunes étudiants non plus, la saison ne se prête plus aux flâneries, de rares chiens, en promenade avec des dames emmitouflées.

Jean voudrait partager sa joie, la dire au monde et il ne rencontre que des regards fixés vers le sol, perdus dans des pensées, voilés de soucis, empreints d'indifférence. En gagnant la sortie il passe devant un banc où est assise une femme aux cheveux longs. Elle se tient immobile, une lettre dépliée à la main, le visage comme figé de stupeur et elle pleure, en reniflant discrètement de temps en temps. Jean détourne brusquement la tête, gêné de la surprendre dans son désarroi, il la dépasse puis se retourne. Ses joues rougies par le froid se sont couvertes de larmes qu'elle ne prend même pas le soin de sécher, ses yeux ne voient plus, elle ne se soucie plus de rien, seuls les mots comptent, que Jean devine en pattes de mouche sur le papier épais qui prolonge sa main. Il a un mouvement vers elle, un élan de pitié, comment peut-elle pleurer quand il est si allègre, prêt à embrasser n'importe quel inconnu, si formidablement heureux de sa rencontre ? Son geste s'arrête pourtant, que dirait-il ? elle est isolée par son chagrin, il ne pourrait la rattraper, il ne peut rien pour elle... Et il sait à la retenue qu'il éprouve qu'elle va demeurer seule dans sa douleur comme seul il se laisse aller à son transport, car personne à qui exprimer sa belle humeur, à qui faire cadeau d'une part de l'exultation qui le remplit. Les émotions isolent-elles à ce point ? Ou bien sommes-nous si seuls qu'on ne puisse se rencontrer jamais ? Jean franchit les grilles, il hésite, soupirant à l'idée de rentrer déjà. Il veut croire à la prolongation de l'instant, à son prolongement indéfini, à son étirement, « où aller ? » demande-t-il à la voiture garée le long du trottoir. Un autobus passe, dont le côté s'orne d'un panneau publicitaire montrant des animaux sauvages bondissant. « Tu veux voir les girafes ? insiste-t-il, les singes, les tigres, les bisons ? Très bien ! Allons-y... Peut-être ceux-là nous comprendront-ils. »

Et voici Jean devant les portes de la rue Geoffroy-Saint-Hilaire, « toujours des grilles, pense-t-il, au Luxembourg ce sont presque les mêmes, la ville enferme la vie, jamais cela ne m'avait frappé à ce point... ». Les allées du zoo sont vides, le long desquelles les animaux derrière leurs barreaux ou leurs verrières feignent de ne pas voir le visiteur. Jean marche vite et des odeurs musquées viennent à sa rencontre : on devine les bêtes avant que de les voir... La fauverie apparaît au détour d'un chemin, petit bâtiment en briques autour duquel les cages sont disposées en couronne. Deux panthères attirent Jean par leur manège étrange, on dirait qu'elles vont s'affronter, l'une est tachetée, l'autre noire dont le pelage uni garde la marque des ocelles que des reflets sur la brillance du poil laissent apparaître par instants. C'est un mâle, et il observe la femelle installée au-dessus de lui, alanguie sur une branche qui traverse la cage à mi-hauteur, laissant balancer mollement sa queue dans le vide. Il la regarde et la désire, il se prépare si fort à la posséder qu'il en est tout raidi, le cou tendu, les pattes comme plantées dans le sol, le corps entier durci, si concentré qu'il en expédie des jets d'urine vers l'arrière, qui viennent s'écraser en gouttelettes aux pieds de Jean qui n'a pas bougé, stupéfait. Bientôt l'immobilité pétrifiée du mâle fait descendre la femelle, elle vient l'échauffer encore, le narguer doucement, les plis de son ventre battant ses flancs mouchetés, bien ronde dans sa peau de fourrure aguichante. Le manège se prolonge, il semble que la cour se fasse au ralenti, entre chaque changement de position les minutes tombent, interminables. Ils se sont rapprochés tous deux d'un creux façonné dans la roche, sous un surplomb, le mâle a presque pris position, ils vont s'y mettre...

Et brutalement un claquement à répétition déchire le silence, les grilles résonnent d'un bruit qui heurte les tympans, un soigneur s'est approché, qui en marchant laisse cogner le manche de son balai contre les barreaux des cages. Tac-tac-tac-tac, on dirait une mitraillette... Il excite les bêtes, les appelle par leur nom, la panthère noire, ivre de rage et de dépit, bondit contre la grille, passe les pattes entre les barreaux, ses griffes accrochent les rayons de la lumière basse, elle gronde terriblement, suit l'homme dans son déplacement, écumante, folle, Jean lui aussi a l'impression de s'être fait avoir, « venez à l'intérieur, lui propose le garçon, c'est l'heure où je leur donne à manger ». Déconcerté un instant par l'invite, Jean se décide à le suivre et pénètre dans la rotonde, assailli dès l'entrée par l'odeur suffocante de la fauverie, les cages autour de la pièce sont minuscules, qui communiquent par une trappe avec leur partie extérieure. Bientôt sont déposés par un sas pivotant de gros quartiers de viande, des épaules entières de mouton, avec les têtes des os qui pointent, des poulets par deux ou trois. Puis les grilles sont abaissées qui ferment les trappes et les lions sautent sur leur dîner, puis les panthères, les jaguars, les léopards tirant leur proie fictive dans la puanteur de la petite salle fermée, jouant à dévorer tels de vrais fauves, rugissant par instants vers les soigneurs qui s'éloignent derrière les grilles intérieures. Cette violence circonvenue heurte presque Jean sans qu'il sache ce qui le frappe le plus, du spectacle de la misérable captivité ou de la puissance qui se dégage des animaux, contenue cependant et forcément brisée. La lionne lèche un gigot qu'elle tient entre ses pattes comme un objet tendre, arrachant à petits coups de dents la chair crue, tandis que la grande panthère noire, trop énervée, arpente sa cage, ses yeux louchant dans sa face carrée, de convoitise avortée. Jean sort,

poussé dehors par l'odeur d'urine et d'ammo-
niaque, ce remugle si particulier des grands
félins enfermés, tenace et écœurant.

Déjà le soir tombe, le soir mélancolique des
jours d'hiver parisien, lorsque le soleil ne s'est
montré que si voilé qu'on n'en distinguait pas le
contour à travers le halo de brume pâle qui le
masquait. À l'exaltation si fertile du début de
l'après-midi a succédé le calme, au calme le
doute. De retour entre les murs assombris de
l'appartement, Jean saisit l'illusion, comprend la
vanité de son fugitif enthousiasme, l'inanité de
ses désirs. Il allume les lampes, précipitamment
fait la lumière, mais la grande pièce conserve de
larges coins d'ombre, de ces zones que l'on ne
parvient jamais à éclairer, malgré l'intensité des
ampoules et la multiplicité des sources d'éclairage, ces régions froides des maisons qui se
refusent à la lumière, renfermées sur leurs
angles, inaptes à l'épanouissement. L'heure qui
commence, la si bien nommée heure du loup
parce qu'elle condense les peurs du jour et
annonce celles de la nuit, ajoute au silence et au
vide que rien ne viendra dissiper avant l'obscurité tombée. Déjà l'angoisse en dedans diffuse
son poison, l'attente a commencé, assortie de
douleurs infimes, de mini-tortures débonnaires,
de pincements et de frissons, rien de bien

sérieux pour l'instant, il n'y a que quelques heures après tout, peut-être n'est-elle pas même rentrée chez elle. Un peu de décontraction, nom d'un chien ! un verre, une cigarette, un petit whisky, puis un autre, l'alcool tue les esprits malfaisants, c'est connu...

Ainsi passent les heures et c'est tout à fait noir qu'il finit la soirée, dans l'obscurité de la pièce. Défait, saoul à ne plus pouvoir bouger, effondré, enfoncé dans le fauteuil où il vagit comme un bébé, avant de s'endormir il l'appelle, il murmure son nom comme une plainte qui s'éteint, « petite fée reviens, sauve-moi ma Circé, mon korrigan, mon elfe, mon farfadet, mon ange ».

2

Jean a-t-il trompé l'attente, a-t-il fait quelque chose, a-t-il seulement tenté de s'occuper les mains, d'orienter son esprit vers d'autres horizons? A-t-il pensé au moins, le malheureux, à l'utile divertissement? Elle au moins s'ébouriffe, s'agite en mille tourbillons, dilapide son énergie, se perd en virevoltes imprécises, en confuses figures. Par fausse sagesse elle patiente, retient son cœur et ignore son désir, veut croire qu'elle n'y songe, tourne autour, concentrique, invente des urgences, donne des rendez-vous, explique à ceux qui sur sa fébrilité s'interrogent je ne sais quelle excitation mystérieuse et troublante, sans la nommer, comme si du ciel tombait sur elle cette foudre. Légère, elle file à travers la ville, sourit aux étrangers, s'attarde sans les voir aux vitrines brillantes, va, vient, retourne sur ses pas, plus ou moins aux aguets, indécise, tourmentée, savourant dans l'air froid l'étrange volupté que procure la patience, quand elle est feinte et vaine.

— Alors, je peux venir ? finit-elle par téléphoner.

— Oui... Non ! Pas ici, si ! maintenant ? Venez maintenant, oui... Je vais ranger un peu, c'est au deuxième étage, vous verrez, une porte en fer, peinte en bordeaux.

« Que fais-je ? se dit-elle en quittant la cabine. Est-ce là une façon de se jeter aux gens ? À la tête, grondait la gouvernante anglaise, surtout ne vous jetez pas à la tête des gens. Mais là c'est tout entier, tête et corps, pieds et mains, j'en veux à l'homme entier, à son cœur, à son âme, à sa peau, à ses cheveux et à ses muscles, vais-je lui dire ? vais-je me découvrir ? non ! on tait ces élans secrets, il pourrait se moquer. »

Celui-là, qui pourrait, s'affole à l'heure qu'il est. La totale inaction des journées précédentes s'est transformée en rage, en folle activité. Déplacer des objets, en faire disparaître, masquer les laideurs, les fractures, tirer, pousser, hisser, balayer ? non ! trop long ! essuyer ? ôter les couches de poussière ? mais avec quoi ? tant pis ! Allumer les lumières, ouvrir les volets, en éteindre, en fermer, transpirer, debout, hagard, prendre sa tête à deux mains, toucher ses cheveux, les tirer, descendre vers les joues, gratter sa barbe, bondir ! « Me raser, vite ! Elle va arriver et voilà deux jours que... » Sous la douche, laver l'ivresse et la fatigue, diluer les nuits dans l'eau brûlante, frotter, gratter là où c'est incrusté, brosser, ah! oui les ongles. Il se presse, il piétine dans l'eau savonneuse qui gicle, il se coupe, s'érafle, se rince mal, il sort enfin, propre, frais, neuf, au milieu des éclats de rire solitaires.

C'est alors que commence la vraie nervosité, l'épreuve terminale, lorsqu'une fois séché, vêtu, peigné, chaussé, il se retrouve au milieu du décor absurde, désœuvré. Il arpente, il va à la fenêtre, il compte, il fume, s'assied, se lève et s'exaspère. Si elle allait ne pas venir? J'arrive, avait-elle dit, elle devrait être là, que fait-elle? si elle n'avait voulu que... On sonne, il s'élance.

Dans la pièce encombrée sur les bords, vide au centre, ils se tournent autour longuement, elle est debout et elle avance lentement, comme en spirale, détaillant le néant avec une acuité qui lui fait mal, à lui qui la voudrait si remplie cette pièce d'objets doux et voluptueux, de canapés, qui la suit, la devance, l'enveloppe de ses pas précipités, hésitants, « oui c'est un peu désordonné, inconfortable, tenez! asseyez-vous, non! il est authentique, je l'ai trouvé sur le trottoir, essayez-le, vous allez voir, il semble petit mais on y est très bien ». D'une main écartée elle enfonce les doigts dans le minuscule crapaud, « ça m'a l'air pas mal en effet », puis se retourne et s'y assoit, délicatement, sourire, mains croisées, « alors comme ça, vous habitez ici ? ». Lui a saisi par le dossier une chaise en métal que couvrent sur le siège trois planches autrefois vertes et l'a approchée du fauteuil.

Il la pose, la recule un peu, la déplace encore, la retourne, jusqu'à ce que sa main à elle, attrapant le montant de fer, l'immobilise dans un grincement. Il s'y précipite, trop heureux qu'elle l'ait arrêtée si près, il n'aurait pas osé, la pièce est déjà si grande autour d'eux, l'espace si compact qui les resserre encore, et les voilà tels deux oiseaux, isolés et inquiets, lui fiévreux elle brûlant en dedans d'un feu qui l'étourdit, ses yeux de porcelaine s'éclaircissant de plus en plus, plantés dans les siens, charbons noirs qui chavirent, chacun se dit « je vais tomber », elle en équilibre sur le bord du crapaud dont elle craint d'enfoncer le coussin élimé, lui pesant sur sa chaise comme pour la faire entrer en terre, la sentant faiblir sous ses muscles tendus, croyant entendre céder sous lui les clous usés qui retiennent les planches, se dissoudre les rivets qui fixent entre elles les barres métalliques, et puis tout à coup elle se lève, il sursaute, bondit à son tour, et les voilà tous les deux face à face, à quelques centimètres.

— Vous n'avez pas quelque chose à boire ? demande-t-elle à toute vitesse en levant le nez vers lui.

Il soupire, résigné et heureux à la fois d'être ainsi replongé dans sa honte et son vice, sur ordre, sur commande expresse de la fée, au moins se faire aider ! puisqu'il n'arrive à rien de ce qu'il avait répété tant de fois, s'approcher, lui prendre doucement la taille et de l'autre main caresser ses cheveux, l'amener à lui, la haler, remorquer tranquillement son petit corps léger, l'enlever, la soulever et capturer ses lèvres, trouver sa langue et explorer sa bouche, et si rien jusque-là n'est venu modifier son plan, accélérer la scène, et palpiter plus fort. Tirer sur ses vêtements, se souvient-il en versant l'alcool blanc, autant que possible la déshabiller même s'il en reste un peu, qu'elle garde ses chaussures après tout, et sa petite écharpe aussi il peut faire frais, la retourner et voir un peu ses fesses, s'y frotter, s'y appuyer, s'exciter vraiment, s'égarer, ensuite ça devient difficile, il a presque mal, il faudrait voir en vrai, y être tout à fait, « cul sec ? » dit-il en lui tendant le verre et tous deux de se cisailler les boyaux en trois temps sans mouvement, « brrr ! fait-elle, ce que c'est fort, et maintenant ? ».

« Maintenant, dit-il et ses mains tremblent, je voudrais vous déshabiller », et comme elle ne bouge pas, que ses yeux s'agrandissent — on dirait une toute petite fille —, comme elle ne proteste pas malgré la stupeur apparente qui la cloue, il continue, « vous n'auriez pas dû venir, je suis mal élevé et grossier, en plus je bois et parfois je deviens méchant, non que je veuille être méchant, c'est autre chose, je ne le veux pas mais ça vient malgré moi, je fais du mal, oh! pas à vous, je ne vous en ferai aucun, je ferai attention, mais ne dites pas non, je sais j'aurais dû vous prévenir, mais on ne me croit jamais », et tout en débitant les mots en rafales sourdes, il s'est approché d'elle et sans la regarder il enlève ce qui la couvre, les boutons tout d'abord, il les déboutonne, les fermetures éclair il les fait glisser, les cols il les dégrafe, les manches il les abaisse et bientôt la voilà toute nue et frissonnante, et lui encore vêtu de ses vêtements sombres tandis qu'elle, si blanche avec sa peau couleur de coquillage, a fermé les yeux et attend qu'il l'enveloppe de ses bras, qu'il la dévore, qu'il la réduise, qu'il la remplisse et la comble, là, debout, car le sol est trop dur et froid et nul ne songe à plier les genoux, trop fiers sont-ils, trempés dans l'acier du désir, frénétiques affamés et pas encore soumis, engagés déjà l'un dans l'autre, ruant, soufflant, nulle mesure dans leurs gestes, écumant comme des destriers blessés au flanc qui perdent leurs entrailles sans pourtant s'affaisser, se secouant, se heurtant aux objets, aux meubles, aux carreaux, lui titubant sous l'effort, la portant, elle abîmée, à demi abandonnée mais accrochée pourtant, les doigts enfoncés dans la chair de son dos, les genoux enserrant ses hanches, secouée à chaque coup, transpercée, bredouillant à travers ses dents serrées qu'elle appuie contre son épaule, si fort qu'il lui semble qu'elle va y enfoncer la mâchoire tout entière, lui ruisselant, haletant, entre deux râles soulevant son mince corps qui glisse, glisse contre le sien, malgré les prises, malgré l'acharnement à ne pas se déprendre, ses jambes hurlant de tension, arquées dans un suprême effort, jusqu'à l'instant où fuse leur jouissance, en un cri qui va les renverser, ils tombent ensemble sans flexion, d'une seule masse agonisante et lourde, vaincus par l'éclair déchirant. Au-dessus d'eux l'air s'arrête de circuler, au-dedans les muscles se taisent et l'on n'entend plus que leurs cœurs, battant furieusement, altérés, bondissant, de grands coups donnés aux poitrines, la vie qui frappe, « que c'est bon d'avoir un cœur » souffle-t-il, « que c'est bon d'avoir un corps » soupire-t-elle.

Revenus à eux, après des minutes immobiles et comme absentes, ils boivent de nouveau, en claquant leurs verres l'un contre l'autre, agenouillés sur le ciment glacé qu'ils ne sentent même plus, tellement l'alcool les brûle à l'intérieur, et si légèrement encore comparé aux flammes qui les consument en dedans. Lorsque plus tard, beaucoup plus tard elle part, ses joues ont rosi et ses yeux brillent d'un éclat plus pur. Dans ceux de Jean une lueur joue au cœur du noir de ses prunelles, éperdument folle et tremblante, mobile et imprenable, feu pâle dans la nuit, vacillant et insistant à la fois, qui ravit la fille et la bouleverse encore.

De retour dans la rue, redescendus les deux étages et touché le pavé, elle retrouve la ville, brusquement embellie. Tout brille et resplendit, dans l'asphalte aux paillettes argentées, dans les bordures des trottoirs de granite où scintillent les minuscules plaquettes de mica, sur les toits, là où le zinc a été renforcé par des plaques d'aluminium, dans les yeux des passants qui joyeusement la dévisagent. Il lui semble que tous la regardent et pourtant les vitrines ne lui renvoient qu'un reflet sans trace remarquable, rien ne se voit de ce qu'ils voient et pourtant l'allégresse qui la soulève projette au-dehors mille bulles de joie qui éclaboussent ceux qu'elle croise. L'ivresse la porte sans qu'elle sache où elle va, les rues l'appellent et elle se laisse guider par un invisible aimant qui la conduirait au gré d'un parcours qu'elle connaît mais dont elle ne choisit pas les méandres. Tout enveloppée encore de volupté, elle cligne des yeux au soleil bas de la fin de l'après-midi, elle respire l'air avec délices, tout comme s'il était parfumé et iodé, elle s'extasie au moindre détail de la rue, rit tout haut.

Elle repense aux bras de Jean, pleins et fermes, à ses épaules et à ses cuisses, à ses pieds fins, bleutés, à ses cheveux battant son front et ses tempes, à son cou, vibrant dans l'effort, à ses mains longues et chaudes, à ses lèvres gonflées, écarlates, striées de gerçures pâles. Et tous ces morceaux d'homme la font frissonner de plaisir, dans son ventre refluent les vagues qui renversent et chavirent les esprits, dans sa tête ne sont qu'explosions, pétillants artifices qui brouillent sa pensée. « Encore ! se dit-elle, encore cette émotion, cette ardeur, ce même transport ! Perdre encore la raison, perdre pied, perdre tout pour un instant d'ahurissement renversant, d'abandon, d'effarement, de transe. Qu'importe le danger, qu'importent la tempête, le grand vent, le grand souffle qui fait chavirer les navires, qu'importe la tourmente, que s'agitent au contraire les éléments furieux, plantons dedans le mât un couteau pour exciter les alizés, et crions "lapin" et "ficelle" pour attiser les maléfices et mettre en rage les déferlantes. Que s'élèvent les flammes et que rougisse

193

l'horizon, que s'incendient les cieux et que tremble la terre, plus fort! plus fort! que l'on sente un peu la vie nous soulever, que l'on entende battre le sang dans nos veines! »

3

Iris avait grandi au bord de l'océan des Celtes. Le bruit furieux de l'Atlantique avait bercé ses premières années et la lumière changeante des rivages bretons imprégné les images de ses plus lointains souvenirs. Son père, fils de marin, était capitaine de frégate. Régulièrement, il partait à bord de son bâtiment pour de longues missions et lorsqu'il quittait la maison de Brest, on ne savait jamais combien de mois durerait son absence. Iris restait seule avec sa mère, une belle femme rêveuse et silencieuse qui ne pouvait s'éloigner des bords de mer tant elle demeurait attachée à cet océan qui l'avait vue naître, et dans la contemplation duquel elle passait des heures, sourde aux appels du monde, paraissant indifférente aux attentes de la petite fille, dont elle s'occupait pourtant avec tendresse, dès lors qu'elle détachait les yeux des vagues écumantes où son regard vert se perdait, chaviré par quelque regret impartageable. L'hiver, quand son mari partait au loin, plutôt que de rester à Brest qu'elle jugeait trop grise et mélancolique, elle allait s'installer en Irlande, dans la grande bâtisse que sa mère, une Irlandaise de Londonderry, avait acquise peu de temps avant la naissance d'Iris. Située à la pointe la plus occidentale de la baie de Dingle, au sud de l'île, l'austère demeure, que les vents brutalisaient en toutes saisons, dressait ses murs de pierre face au couchant, sur fond de lande d'un vert franc que venaient rosir les azalées au début du printemps. Iris, qui aimait beaucoup sa grand-mère, trouvait dans ces séjours irlandais la chaleureuse sécurité d'un lieu où elle avait sa place, plus sensiblement que partout ailleurs.

Lorsque Iris eut sept ans, sa mère partit rejoindre son mari stationné dans un port de la côte Atlantique. La petite fille demeura en Irlande avec sa grand-mère et, une fois les tourments de la première séparation estompés, elle prit peu à peu l'habitude de ces escapades lointaines auxquelles sa mère avait goûté et qu'elle renouvela bientôt de plus en plus souvent. Depuis la fenêtre de sa chambre, Iris guettait le facteur, espérant trouver au courrier les cartes que ses parents lui adressaient de Lisbonne, de Casablanca, parfois de Nouadhibou ou de

Dakar, de Libreville encore ou de Saint-Paul-de-Luanda.

Iris n'allait pas souvent à l'école. En Bretagne elle avait suivi irrégulièrement les petites classes d'une école primaire où sa mère l'avait inscrite, un jour de septembre que la fillette regardait par la fenêtre des enfants descendre la rue par petits groupes joyeux, leurs cartables sur les épaules. La mère n'avait cédé qu'à ce qu'elle considérait comme un caprice d'enfant, une lubie dont Iris se lasserait bientôt, et d'ailleurs il suffisait que la petite fille manifestât son ennui pour la classe ou l'envie de faire une promenade sur le port pour que sa mère la gardât avec elle. Durant les mois d'Irlande, c'était encore plus aléatoire... La première école était trop éloignée pour songer à s'y rendre tous les jours, surtout en plein hiver. Sous le moindre prétexte la grand-mère refusait d'y envoyer Iris et l'instruisait elle-même, à la manière des conteuses, la berçant à longueur de journées d'histoires interminables qui toutes avaient trait à l'univers océanique.

Lorsque, de retour d'un séjour tropical, la mère d'Iris venait la chercher en Irlande, elle restait plusieurs jours et entraînait sa fille dans de grandes marches le long de la côte déchiquetée qui faisait face à l'île de Great Blasket. Elle passait des après-midi entières à arpenter la lande qui forme comme un tapis frais posé sur le socle rocheux des falaises, s'immobilisant de temps à autre sur le bord de l'à-pic, les yeux perdus dans l'immensité agitée de l'océan. Iris attendait, avec la patience sans borne des enfants sages, que sa mère lui revienne. Elle prenait alors sa main et cherchait son regard, celle qu'elle n'appelait maman qu'en chuchotant lui souriait sans parler, avant de se mettre à courir. Iris partait à sa poursuite en riant, mais la petite fille s'essoufflait vite à tenter de rattraper la longue foulée de sa mère. Elles arrivaient en nage, les cheveux mouillés de brume, devant le feu qu'avait préparé la grand-mère et près duquel elles prenaient le goûter en silence, les yeux brillants d'excitation, de fièvre et de fatigue.

En grandissant, Iris s'aperçut qu'elle prisait plus que tout, même lorsque sa mère n'était pas là pour l'accompagner, ces promenades tonifiantes dans l'air iodé, bruyantes de houle, au point que bientôt elle prit l'habitude de sortir tous les jours, quel que fût le temps. Les après-midi de soleil et de vent, elle restait longtemps au bord de la falaise, à regarder les voiliers tirer des bords dans la baie, leurs voiles blanches faseyant dans les manœuvres, leurs coques plongeant dans l'écume puis remontant en un ample mouvement de cétacé, les mâts presque arqués dans l'effort, rétifs souvent, nerveux, indociles bateaux que les barreurs tentaient de soumettre et les équipiers de tenir, tandis que la fillette, depuis son promontoire, encourageait de ses vœux le dessalage, prenant parti tour à tour pour l'élément, l'esquif ou le passager, selon l'humeur du moment.

Lorsque à l'été elle revenait en Bretagne, Iris retrouvait chez son grand-père paternel le prolongement de ses errances maritimes au travers des albums que l'ancien quartier-maître confectionnait et dans lesquels il réunissait, depuis qu'il ne prenait plus la mer, toutes sortes d'images sur les trois-mâts goélettes, les bricks et les spardecks anglais qui étaient partis affronter ce qu'il appelait encore, à l'ancienne, « le Horn ». Le vieil homme avait embarqué à l'âge de dix-sept ans sur le *France II*, l'un des derniers grands voiliers cap-horniers, à bord duquel il avait fait quatre traversées et doublé autant de fois le cap redouté avant de vivre le naufrage du géant, sur un récif proche de Nouméa. Sa maison de Roscoff était remplie de photos de bateaux, de maquettes, de livres et de cartes réunis par d'autres ancêtres marins. La petite Iris y trouvait la matière à d'interminables rêveries, sous l'œil attendri du grand-père qui racontait, au risque de n'être écouté que d'une oreille, ses campagnes héroïques, du temps où la marine à voile vivait ses dernières heures, engagée dans les défis les plus fous, d'autant plus insensés qu'ils marquaient la fin d'une époque, laissant dans leur sillage un parfum de sel et de sang, de démesure à jamais engloutie.

Ainsi Iris, au terme de son enfance, si elle n'avait fréquenté aucune classe assidûment, se distinguait par une culture que les autres enfants ont rarement acquise à cet âge, mélange original d'enseignements hétéroclites et de lectures, de récits plus ou moins véridiques dans lesquels s'infiltrait sa propre imagination, alliée à une perception toute poétique du monde héritée de sa mère, la silencieuse Irlandaise. Iris parlait couramment le français et l'anglais, elle savait le grec, que sa grand-mère lui avait enseigné, et lisait Homère sans trop de difficultés. Par son père elle connaissait la cartographie marine et savait déchiffrer les tables d'éphémérides et faire le point à l'aide d'un compas, tracer des routes maritimes en tenant compte des courants, reconnaître les entrées de port, manier les signaux. N'ayant pas eu de fils, le capitaine avait choisi arbitrairement d'inculquer à son unique enfant l'amour de la navigation et l'attachement à ces « forces navales » au sein desquelles il visait le grade de contre-amiral, au terme d'une carrière qu'il avait menée brillamment. De tous les ports d'Angleterre, de Bretagne, de Galice, d'Irlande, d'Afrique occidentale, pas un dont le nom soit inconnu à la belle Iris. Ses visites avec son grand-père à la station biologique de Roscoff lui avaient aussi appris à reconnaître les plantes et les algues que l'on rencontre sur les rivages atlantiques, les coquillages et de nombreux poissons, les crabes, les méduses, les éponges et autres anémones. Et puis à traîner l'année entière sur les grèves et les plages, son corps s'était musclé et endurci, elle se baignait dans les flots froids, marchait pieds nus dans la campagne, courait plus vite et plus longtemps que les autres adolescents, se plaisait au contact des éléments naturels, aussi déchaînés soient-ils. Enfin, et c'était sans doute ce qui étonnait le plus, elle était capable de rester seule des jours entiers sans souffrir de la solitude ou de l'ennui, occupant son esprit à d'insoupçonnables parties de pêche, étirant ses rêves le long de croisières époustouflantes, voguant çà et là, inatteignable, livrée sans retenue à sa passion muette.

Quand elle eut quinze ans, son père, dans un souci tardif de normalisation, l'envoya parfaire son éducation à l'école des filles d'officiers. Elle qui ne les avait jamais étudiées s'enthousiasma pour les mathématiques et décida, après deux ans de lycée, d'apprendre l'architecture navale. Sa mère avait déclaré qu'il était temps qu'elle connût un peu la ville : la jeune fille fut inscrite en classe de mathématiques spéciales dans un lycée parisien. Elle s'appliqua pendant deux ans à préparer le concours de l'École centrale, qu'elle réussit sans difficultés, à sa propre surprise et malgré les pronostics décourageants de ses professeurs, qui la jugeaient trop fantaisiste.

Cela faisait quatre ans qu'elle vivait à Paris lorsqu'elle rencontra Jean. L'allure que lui avaient donné les mois passés en Amérique rappelèrent à la jeune fille les navigateurs solitaires au visage marqué, à la peau dévorée par le soleil et les embruns, au regard fou. Elle qui ne s'habituait pas aux préciosités de la ville, aux jeunes gens recherchés et pâles avec lesquels elle étudiait, elle qui s'étonnait chaque jour d'avoir à porter des chaussures, qui ne trouvait presque plus le loisir d'écouter son corps et de courir, absorbée qu'elle était dans les systèmes d'équations et les problèmes de géométrie analytique, fut séduite par l'espèce de sauvagerie qui se dégageait de cet homme. Elle aurait aimé le revoir, mais n'en envisageant pas le moyen, elle avait repris ses classes à l'automne sans plus y songer, jusqu'à ce que l'Oldsmobile attire un jour son regard et qu'elle l'y reconnaisse, accroché au volant.

Iris ne cherchait pas d'amant. Non qu'elle s'éloignât volontairement des hommes qui, du fait de sa grande beauté, lui faisaient immanquablement la cour, mais elle négligeait de se les attacher trop longtemps, allant jusqu'à les maltraiter lorsque certains d'entre eux se faisaient trop pressants. N'ayant jamais été émue par un véritable sentiment, il lui coûtait peu de se montrer inflexible et elle avait acquis, à la faveur de quelques cruautés qui lui avaient échappé, la réputation qui s'attache souvent aux très jeunes filles lorsqu'elles sont belles, d'impitoyable broyeuse d'espoirs. Elle congédiait pourtant poliment les garçons qu'elle avait parfois la coquetterie de laisser approcher, mais la jeunesse se blesse facilement et plus d'un avait quitté son lit le cœur égratigné et l'humeur en miettes. En fait, elle ne se souciait ni de plaire ni de séduire, trop occupée par le sloop auquel elle travaillait depuis le printemps précédent et sur lequel elle comptait bien s'embarquer un jour, en solitaire. Rien ne la passionnait tant que de se consacrer à penser ce bateau qu'elle chérissait à l'égal d'un enfant à naître et sur lequel il n'y aurait d'autre place que la sienne, car elle avait choisi de commencer par le commencement, d'abord une petite coquille monoplace, ensuite on verrait... Au fil des semaines l'esquif avait pris sur le papier l'allure d'un de ces oiseaux formidables que les skippers poussent à vitesse folle à travers les océans, insensibles dirait-on aux éléments que leur trop grande perfection semble exciter. Les lignes sur le calque s'étiraient, les matériaux changeaient, qu'elle découvrait à mesure de ses recherches. La course toutefois n'était pas son but, elle ne souhaitait que naviguer longtemps, sans inconfort ni souffrance excessive. Une bonne monture solide et fidèle sur qui l'on pouvait compter, un équilibre d'élégance et de robustesse, voilà ce à quoi elle s'appliquait tandis que d'autres autour d'elle songeaient à de bien plus terrestres noces, impuissants toutefois à la détourner d'une passion dans laquelle elle s'isolait avec acharnement, passant des nuits entières à peaufiner la ligne de l'étrave, penchée sur sa table à dessin encombrée de livres anciens ornés de gravures auxquelles elle empruntait des détails, dont elle s'inspirait çà et là, au détour d'une image qui l'avait charmée plus qu'une autre.

Il y avait dans l'exercice de son activité une sorte d'exclusivité jalouse, d'impartageable bonheur qu'elle ne pouvait concevoir de transmettre, d'exaltation secrète qui la soulevait, lui faisant oublier la fatigue et le temps. Aussi n'avait-elle besoin de personne lorsque, absorbée par le seul souci de son bateau, elle ne voyait plus autour d'elle, n'accordait plus un regard à personne, ne relevait rien de ce qui était destiné à la toucher... Elle passait aux yeux des autres étudiants, dépités dans leurs inavouables espérances, pour une obsessionnelle inhumaine et perdue pour le monde. Nul ne parvenait à la suivre dans ce qui l'animait, encore moins à l'en détourner, et l'isolement dans lequel la jetait son inclination ajoutait à l'originalité de sa nature. Sans qu'elle en tirât de fierté particulière, cette position à l'écart lui plaisait, elle n'en avait de fait jamais connu d'autre et s'y sentait à l'aise, ce qui achevait aux yeux de sa génération de rendre fascinante son indépendance.

Dès la première visite à Jean pourtant elle a compris que ce qu'elle n'a jamais réellement attendu, car ni son tempérament ni son éducation ne l'ont portée à ce genre de rêverie — mais dont elle imaginait l'existence à la manière dont on possède la faculté de se représenter la banquise du pôle ou bien les Pyramides même lorsqu'on ne les a jamais vues —, existe brusquement, sans transition ni passage visible d'un état de la nature à l'autre. Elle aime... Et bien qu'habituée aux rages océanes, bien que familière de la brutalité des équinoxes, de la violence des grandes lames de fond, elle reste interdite par la vague qui la soulève, immatérielle et d'autant plus renversante qu'elle ne sait comment l'affronter. Car déjà pour elle il s'agit d'une forme de lutte, contre un ennemi d'autant plus puissant qu'il est chéri, contre un adversaire d'autant plus fort qu'on n'aura pas le cœur à le terrasser, quand il est inévitable de chuter avec. En elle cela crie oui et non à la fois, et ce remue-ménage la fait basculer, sans qu'elle sache si c'est de rage ou de bonheur fou.

4

L'hiver insiste, janvier s'est installé. Des lames glacées pourfendent l'air piquant d'aiguilles, étincelant parfois dans le soleil bas, le plus souvent noyé de brume opaque. Jean oppose aux frimas la braise de son amour neuf, il fait fi du mois ennemi, gonflé à bloc par la force qui le soutient, lui redonne vie et aiguise son appétit. Entre deux rendez-vous il ne fait qu'écouter la pulsation de son cœur attendri qui palpite, il ressent chaque perception, chaque émotion avec l'acuité oubliée des vivants. Tout le porte aux extrêmes, absolue est sa volonté de s'attacher Iris et la crainte de se voir abandonner immense. Plus il l'approche plus se fortifie son amour, c'est comme une avancée dans une succession de jardins à la beauté croissante qui le cloue de stupéfaction, de délicieuse incrédulité. Iris l'envoûte par sa grâce de faïence anglaise, son apparente fragilité de fillette, elle le bouleverse par sa force intérieure qui la maintient solide et indomptable, encore debout quand il se sait déjà renversé. Sa propre imperfection le submerge tandis qu'il la découvre si accomplie, si pure dans la transparence de ses desseins. La clarté de son regard est pareille à la mer par beau temps, la douceur de sa voix semblable à celle des brises légères, la grâce de son corps égale aux souples graminées, aux joncs des marais, aux jeunes peupliers des bords de rivière. Ce qu'elle évoque contient l'univers tout entier, jusqu'à son prénom aux mille facettes colorées. Mais ce monde au complet ignore l'existence de Jean, ou plutôt Jean n'aperçoit pas son reflet dans le pléthorique miroir de ses apparitions. Et la volonté qu'il nourrit d'y entrer, le désir violent qu'il a d'y appartenir lui insuffle une énergie nouvelle, une force désorganisée qui le soulève et le transporte.

Parfois il sort et c'est pour déverser sa puissance inutile, il nage éperdument dans des piscines souterraines, il court à se déchirer les poumons, il s'accroche à des murs rugueux et bosselés, frappe des balles de cuir, cogne, frappe encore, frappe. Il voit son corps reprendre forme, argumenter, s'imposer, se durcir, retrouver ses repères. Il entend l'alcool refluer au-dehors, les néfastes humeurs abandonner leur

sournoise avancée, ses idées noires se dis-
persent, il frémit à la caresse des minuscules
filets de sang qui s'insinuent sous sa peau, gran-
dissent en lui et portent son courage. Comme
un volcan assoupi depuis très longtemps, il sent
renaître la vigueur de sa jeunesse, l'énergie
insensée des premières émotions, la pulsation de
la vie qui explose. Il est amoureux et sur cet
amour flotte tel un fétu enlevé par le flot, char-
rié, transporté sans volonté ni peur, trimballé,
secoué par les mains d'une mère aimante auxquelles il s'abandonne, étourdi de langueur.

Dans la cour, l'Oldsmobile somnole, réfrigé-
rée. « Allons à la campagne », dit Jean un matin
et les voilà partis sur les routes blanchies, la voiture bondit, son moteur ronfle, les arbres noirs
défilent et les champs bruns s'étendent, sans vie,
entre les haies. La vitre grande ouverte, il hurle
au vent, « plus vite, ma voiture, emporte-moi
plus vite » chante-t-il à tue-tête, poussant l'Oldsmobile à fond, qui vrombit et avale la route,
bolide jaune qui s'enfuit à travers les bois, courant toujours. « Ffutt, ffutt » fredonne-t-il en
rasant les platanes, donnant au volant d'un seul
doigt de légères impulsions, dedans, dehors,
hop! hop! écornant les bas-côtés d'où giclent
des éclats de terre gelée, pif! paf! « Regarde un
peu, dit-il encore à la voiture, cette campagne

triste et sombre sous la lumière pâle, résignée et patiente, battue par le vent froid et pliée sous la neige, regarde-moi ces arbres qu'on dirait morts et qui pourtant ne font qu'attendre, quelle sagesse que celle des êtres qui savent rentrer en eux-mêmes, garder leur sève et l'immobiliser, patienter jusqu'à la saison prochaine, ah! si je pouvais seulement... Regarde ces prés sinistres, dont le terreau même semble redevenu solide, poussière durcie dont nul germe ne sortira, alors que sous les mottes se préparent les graines, dans le grand sommeil des métabolismes arrêtés.

« Et nous, pauvres humains défaits et déficients, dont la nature se venge en nous ôtant toute patience, toute endurance, disparus en nous le flegme des vieux chênes, l'impassibilité des rocs, la quiétude des bêtes qui dorment dans leurs trous au chaud dans la fourrure, oh! être un petit lérot, un animal idiot et tempérant, un ours, un lendore léthargique et ronfleur. » Il soupire et ralentit l'allure, « doucement, ma toute belle, doucement, se pressent-ils ceux-là, se déplacent-ils seulement? rivés qu'ils sont, plantés, qui regardent s'affairer les hagards, qui n'en ont cure même, qui ne voient que le pur mouvement, l'éclair qui tend l'air calme, le déplacement des nuages, la courbe d'un vol d'oies ».

Jean roule ainsi, au fil des routes de campagne, s'arrête soudain, en bordure d'un chemin, et sort de l'Oldsmobile. Adossé contre la tôle froide, face à un bois gris et brumeux, il allume une cigarette et la fume lentement, en regardant la cime des arbres dépouillés. Au sommet des branches, à l'endroit où les dernières brindilles rencontrent le ciel, il y a comme une pourpre impalpable, une gaze améthyste, et la tendre couleur cingle son œil soudain, n'était-ce pas ce mauve qu'elle portait la dernière fois sous sa veste, un petit caraco étroit, vite écarté, « ah ! râle-t-il, pouvoir la toucher, l'embrasser partout, la posséder. Quand viendra-t-elle encore, quand ressurgira-t-elle ? "bientôt" avait-elle dit l'autre soir, et des jours déjà, de petits jours mais pourtant si démesurés, si longs, trop infinis ».

Une rafale gifle les bosquets voisins, le vent parle, il répond à l'homme d'un ricanement. « Contiens ton cœur, semble-t-il dire, et retiens ton désir, pauvre forcené, exalté ridicule qui ne peut rien plier, rien briser, comme moi... » Que faire devant celui-là, le vent, sinon s'incliner et rentrer dedans la voiture, petit et ramassé, beau joueur, nécessairement... Car pas même un piéton à heurter d'un coup d'aile, pas un petit enfant à effrayer, personne à qui montrer qu'on est fort et dangereux, pas un chien sur lequel lancer des pierres, pas un poteau de tôle à frapper... « mais pourquoi détruire toujours, ne puis-je m'empêcher ? »

Il ne peut justement, et c'est ce qui l'épuise, quand à cette violence se superpose son désir d'elle, un désir qui le ronge et jamais ne faiblit. Il la veut parfois si brusquement qu'il se sent devenir bête assoiffée de brutalité, son corps entier s'emplit d'un fluide de désir brûlant et la possession à laquelle il aspire prend soudain des allures de détention furieuse, d'abus féodal, de festin morbide. L'attente l'abasourdit, l'envie le fait frissonner, la souffrance bientôt s'insinue qui l'exaspère et le rend fou. Il croit par instants que sur sa peau va naître le pelage des fauves, il sent presque ses ongles pousser, croître ses dents tant l'âpreté de son avidité le déroute. Le manque qu'il éprouve lui inspire d'infernales visions d'égarements indignes, de débauches si voluptueuses qu'il en perd l'équilibre, il se surprend à tituber à l'évocation de leurs corps réunis dans le désordre d'une perdition enivrante qui, dès qu'elle apparaît dans le brouillage de son indistincte nature de songe, rend la solitude plus lancinante encore, bientôt mordante. C'est aussi douloureux qu'une descente d'héroïne, le manque est du même ordre, physique et cérébral, tout hurle, chaque cellule supplie, s'agenouille, tandis que le cœur soutenu par l'esprit déréglé chavire et croit se rompre d'angoisse, de détresse.

« Rrrr ! Rrrr ! gronde Jean en frappant du pied le tronc d'un érable, prends ça, aide-moi, l'arbre ! soulage-moi », et de s'étourdir les orteils à travers le cuir à force de botter l'écorce, furieusement. « Aïe, aïe » gémit-il maintenant, sautillant sur un pied, tenant l'autre à deux mains, « quel stupide je fais ! » et cela adoucit l'affront, le porte à rire, il soupire enfin, va s'appuyer contre la voiture — « que je suis con, mon Dieu ! » — et malgré tout, cela l'a soulagé, il peut poursuivre.

Quand il rentre chez lui, Jean trouve sous la porte un papier bleu plié où elle a écrit quelques mots. Une heure, un lieu, c'est tout. L'air de la campagne l'a grisé, il a les joues encore brûlantes, ses yeux lui piquent, mais c'est comme une puissante décharge d'oxygène qui le percute à l'instant où il lit. Son cœur se met à battre fort, à s'emporter, il palpite, désordonné, il s'égare jusqu'à ce que Jean y porte la main et d'une pression le rassure. Tout vibre en lui, et l'alcool qu'il se verse culbute les glaçons gaiement, allégé soudain, débarrassé de sa charge accablante, revigoré, transparent et fluide. Jean boit mais rien ne sombre en lui, ne subsiste des jours anciens plus aucune trace de la pesanteur indigeste, de l'ignoble sentiment de faute qui détruit son orgueil et l'humilie si fort. Tel un serpent perdant sa peau vieillie, la bouteille s'est transmuée et son contenu semble neuf, lumineux, fait de chaleur et de scintillement. Douce langueur que de s'enfoncer dans le flot de cette rivière, lorsqu'en dedans on se sent invincible...

De son fauteuil il regarde la pièce et sourit aux meubles entassés, aux petits objets d'art abîmés et brisés, aux choses cabossées qu'il se promet de restaurer un jour, aux beautés effacées, aux fantômes, aux reliefs perdus de ce qui fut jadis et qui gît là, piteux, plus triste encore après avoir connu des jours de gloire. Épaves échouées des appartements familiaux, objets trop aimés négligés, abandonnés à la déchéance, à l'oubli et aux vers. Il les observe et s'attendrit, malgré l'horreur que lui inspirent parfois tous ces déchets, il se résigne une fois encore et tourne son regard vers d'autres angles, plus dépouillés. Mais les surfaces elles-mêmes sont altérées, grises et nues, à peine recouvertes d'une couche de peinture, qui laisse apparentes les aspérités, et dont dépassent des clous, des pointes rouillées, parfois des fils électriques tendant inutilement vers le vide leurs gaines bleues et jaunes. Ses maisons, ses ateliers et ses cabanes ont toujours été à l'image de sa vie, inachevés et anarchiques, remplis de désordre, en fouillis, jamais arrangés, jamais tout à fait clairs. De sombres antres, des refuges, de vieux appartements déchus, chéris pourtant, tels ces greniers où l'on vient se cacher dans la poussière et l'âge. Mais montre-t-on de semblables terriers ? « Quelle folie de l'avoir laissée venir dans ce trou à rat, quelle déraison de lui avoir montré tant de laideur » s'affole-t-il soudain, bien trop tard cependant, que n'y a-t-il songé plus tôt... À laquelle inquiétude s'oppose le plaisir morbide d'avoir dévoilé sa noirceur, qu'elle sache ! qu'elle voie bien à qui elle a affaire, qu'elle ne soit pas trompée, qu'elle ne puisse se récrier ensuite « on m'a trahie ».

L'appartement de Jean en effet ne ressemble à rien, où elle est arrivée deux ou trois fois à l'improviste, débarquant les joues rouges, le souffle aussi court que si elle avait couru des années durant pour se jeter sur lui, le percuter d'un bloc froid, brûlant pourtant sous les vêtements. Il plonge les mains entre les plis des lainages accumulés, s'énerve, s'impatiente, pourquoi tous ces obstacles, il la serre, l'étouffe tandis qu'elle l'embrasse, l'absorbe de ses lèvres, le dévore, il la presse, l'aplatit, elle enfonce ses doigts dans son cou, ses épaules, ses bras, son dos, ses flancs, ils s'attrapent comme des forcenés, se malmènent à la manière des combattants qui rompus se frappent encore, à bout de souffle trouvent encore le recours de monter à l'assaut une ultime fois, ils s'effondrent bientôt, se heurtent aux meubles sans se détacher, touchent le sol froid sans chercher à se protéger, soulagés de trouver à calmer le feu qui roule en eux, les transperçant de mille pointes surchauffées, les pressant jusqu'aux dernières ressources de leurs forces. Les muscles bandés, tout le corps meurtri et perclus, sans plus d'orientation ni de cohérence, leurs carcasses aussi chahutées que s'ils n'étaient que cadavres privés de sens, agonisant à demi et se berçant encore dans l'acharnement du désir, poussés à bout, emmêlés l'un dans l'autre et pitoyables, ils sont réduits en quelques minutes à un amas de chair humide de sueur et poissée de sperme, enfoncés au plus profond du gouffre d'où ils remontent, lentement, retrouvant par saccades leur respiration morcelée, reprenant possession de leurs neurones débranchés, revenant d'aussi loin que d'une noyade avortée. Un goût de mort légère flotte sur leurs bouches gonflées, une petite mort à peine plus terrifiante qu'un instant d'abandon, quand plus rien ne retient le corps penché au-dessus du vide et qu'on se laisse aller, bien décidé à ne pas résister, cette fois.

« Petit joyau, bijou, j'aimerais être propre, me laver l'intérieur et t'offrir un homme récuré, essoré de tous ses défauts, blanchi et pardonné.

Mon corps, je peux toujours le frotter mais mon âme, dans quel détergent la plonger, dans quel abrasif la laisser macérer, comment la rincer, la gratter, la polir, la récupérer ? ô petite fée de poche, mon réverbère, ma lampe, éclaire-moi de lumière vive, du blond pâle de tes cheveux, du bleu limpide de tes yeux, de la nacre de ta chair tendre, penche-toi vers moi comme les vierges dont les paumes ouvertes lancent des rayons et purifient les cœurs blessés. Ma bergère, ma jeune fille, tends ta main vers le puits où croupit un vieux chien, porte ton regard vers ce que rien n'a protégé de l'usure et des affronts du temps, que les mauvaises actions ont ravagé, que la débauche a rompu, rétréci. C'est une prière que je t'adresse à genoux, ma princesse, la psalmodie d'un homme à demi ruiné par la honte et que plus rien n'appelle. Reviens encore caresser mes cheveux, les faire glisser entre tes doigts, reviens prendre mon corps dans tes bras et calmer ma chair, reviens presser tes petits seins contre mon ventre, poser tes lèvres sur mon sexe et le goûter, entourer mes jambes des tiennes, ouvrir ton jardin sombre et me garder au fond. »

Il relit la soirée durant le papier bleu qu'elle a laissé, avale les mots, les répète jusqu'à ce qu'ils perdent leur sens tout à fait, deviennent de simples sons, des syllabes sacrées qu'on redit à mi-voix sans les comprendre, et qui protègent.

5

Un matin, alors qu'il était à peine sorti du lit, on sonna chez Jean. Il enfile précipitamment un pantalon avant d'aller ouvrir, pieds et torse nus, le cœur sursautant soudain à la pensée d'une visite impromptue d'Iris. Mais derrière la porte se tient Mark, l'Américain qui l'avait récupéré à Albuquerque, des mois plus tôt. Jean en a le souffle coupé... Il le fait entrer d'une invite maladroite et balbutie quelques mots d'excuse, il n'est pas habillé, « j'arrive tout de suite, asseyez-vous, je ne m'attendais pas... ». L'autre se laisse tomber lourdement sur une chaise, engoncé dans son pardessus, son chapeau à la main.

— Piazzo voudrait te voir, dit-il quand Jean revient de la salle de bains.

Jean soupire, puis annonce qu'il va préparer du café. Mark prend un air gêné, il fixe le sol d'un regard vide, fatigué. Jean lui pose deux ou trois questions à travers la porte ouverte de la cuisine, auxquelles l'autre répond en grognant. Des phrases courtes qui ne renseignent pas.

— Qu'est-ce qu'il me veut encore ? insiste Jean.

— Sais pas, il faut que tu viennes avec moi.

Jean proteste, Mark cependant reste assis, massif comme un roc. Son immobilité obtuse montre assez sa détermination de brute. Jean comprend que l'Américain ne s'en ira pas avant d'avoir récupéré l'otage qu'il vient chercher. Vingt minutes plus tard, ils sortent ensemble dans la rue. Ils font le trajet en silence.

Lorsque Jean pénétra à la suite de Mark dans l'immeuble de l'avenue Henri-Martin, alors qu'il posait le pied sur la première marche de l'escalier, il fut saisi d'un tel sentiment de dégoût qu'il crut qu'il allait vomir. Il s'accrocha à la rampe d'une main et le contact du cuivre sous sa paume lui fit l'effet d'une mini-décharge électrique. Son dos se couvrait de sueurs froides tandis qu'il gravissait les marches une à une, perdant du terrain sur Mark qui avançait pesamment devant lui, à la manière d'un bull-dozer, insensible au malaise qui se tramait dans son dos. Jean s'arrêta un instant et porta les doigts à ses tempes, elles bourdonnaient, il sentait le sang frapper dans ses veines au rythme des pas de l'Américain dont les semelles martelaient la pierre en cadence. Jean pensa à Iris, aussi fort que possible, reprit son souffle et l'ascension, lentement. Lorsqu'il déboucha sur le palier, la porte du bureau de Piazzo était ouverte et le gros homme l'attendait sur le seuil. Il ne fit aucun commentaire, lui fit signe d'entrer.

Jean glissa dans un fauteuil sans angles, se laissant engloutir par le cuir moelleux. Il jeta à Piazzo un regard haineux et rencontra ses yeux gris, noyés derrière un voile clair, brumeux. « Début de cataracte » diagnostiqua-t-il inconsciemment et cela le détendit, comme un brusque ressort qui lâchait à l'intérieur de son estomac. Mark se tenait debout, planté dans la moquette, à deux pas du grand bureau. Piazzo toussa.

— Voilà, Jean... (il toussa de nouveau pour s'éclaircir la voix), dis-moi si je me trompe, mais je crois que tu connais une certaine Rose.

— Rose comment ? gronda Jean, de nouveau aux aguets.

— Rose Verdunacci.

— C'était ma femme. Nous sommes séparés.

— J'ai un contrat pour elle.

Jean bondit du fauteuil et se jeta en direction de Piazzo, les deux mains appuyées contre le rebord du bureau.

— Je ne te laisserai pas... s'étrangla-t-il en attrapant le gros homme par le revers de son veston, à demi basculé sur la table trop large. Piazzo avait saisi ses mains et cherchait à se dégager.

— Du calme, Jean, justement, c'est pour ça que je t'ai fait venir, attends...

Mark, d'un bond, venait de sauter derrière Jean et le tirait en arrière. Il retomba dans le fauteuil, blême, tremblant de fureur.

— Écoute-moi avant de t'énerver. J'ai demandé à Mark de rentrer en France pour me dépanner, depuis ton... enfin puisque tu ne veux plus travailler pour moi ! C'est lui qui s'est aperçu qu'il y avait un lien entre toi et Mme Verdanucci...

— Verdunacci, corrigea Jean.

— C'est ça, continua Piazzo, et j'ai préféré te prévenir.

— Qu'est-ce que c'est que cette histoire ? Rose n'a jamais fait de mal à personne !

— Elle travaille pour les services secrets.

— Et alors ?

— Ça ne plaît pas à tout le monde. Nous avons été contactés par l'étranger.

— Qui ?

— Peu importe, la question n'est pas là. Veux-tu qu'on laisse tomber ? Tu t'occuperas de la mettre à l'abri, si tu y tiens.

Jean resta un instant silencieux.

— Combien ? lança-t-il tout à coup.

— Ce n'est pas une question d'argent, tu le sais bien.

— Qu'est-ce que tu veux, Piazzo ?

Le bonhomme avait attrapé un cigare et le roulait doucement entre ses doigts. Il savourait d'avance sa réponse et prit le temps de couper le bout du havane, de le lécher délicatement avant de murmurer :

— Un dernier coup ! Sa vie contre une autre...

— Salaud ! hurla Jean. Tu as monté cette histoire pour me piéger. Vermine immonde, enflure, Piazzo, je te ferai bouffer tes...!

Il s'étranglait, bouillait de rage. Piazzo gardait son calme.

— Non, reprit-t-il, tu sais bien que ça n'est pas dans mes manières. Je ne savais même pas que tu avais une femme... Je te jure, c'est la vérité. Renseigne-toi, cette Rose est une espionne. Je veux bien lâcher le morceau pour te rendre service, mais il n'y a pas de raison que je te fasse de cadeau. Tu ne m'en fais pas, toi !

Il avait parlé d'une voix douce, qui dégoûtait Jean.

— Tu as trop de chance, Piazzo. C'en est ignoble. Je te méprise...

— Mark aurait pu la descendre, il ne l'a pas

fait, alors arrête de m'injurier. C'est un marché, mon prince, un marché correct, tu peux refuser si ça ne te convient pas.

— D'accord ! C'est pour quand ? aboya Jean.

— Quoi ?

— Ma dette de jeu...

— Je ne sais pas. Quand j'aurai quelqu'un digne de toi. Je te réserve pour un coup de maître... Un numéro à la hauteur de ton talent. Je te préviendrai.

— Fumier !

— Suffit, Jean, ne m'énerve pas. Occupe-toi plutôt de protéger la fille. Ils s'adresseront à quelqu'un d'autre, crois-moi. Allez ! sois pas si fier.

Piazzo tendait la main vers lui. Jean la toucha, sans la serrer, se leva et fit un geste de l'index en direction de Mark, en forme de salut et de vague remerciement.

Alors qu'il franchissait la porte de l'immeuble il jeta un regard à sa montre. Il avait rendez-vous avec Iris à treize heures. Il hésita à rentrer chez lui et leva les yeux vers le ciel : il était d'un blanc glauque, identique au ciel de mars qui l'avait accueilli l'année précédente, au sortir de ce même bureau. Jean devait retrouver Iris au Trocadéro, justement, elle l'attendrait au musée de la Marine. « Allons-y » dit-il à l'Oldsmobile rangée le long du trottoir, saisissant au passage le fil d'une idée encore floue, déjà s'insinuant dans son esprit. Quelques minutes plus tard, rendu sur l'esplanade, il entrait au musée de l'Homme.

Jean alla droit à la librairie et demanda à voir les catalogues d'exposition. On lui indiqua une étagère, il y trouva rapidement le livre dont la couverture s'ornait du visage de l'Indien qu'il connaissait déjà. Il paya et alla s'installer à une table du bar qui faisait face aux grandes verrières du musée, au fond du hall. Il commanda un petit déjeuner et entreprit de feuilleter le livre. De temps en temps il levait les yeux vers la tour Eiffel, de là où il se tenait il ne pouvait voir la Seine mais la devinait, qui charriait ses flots sales et grossis par les pluies de janvier. La petite réunion du matin, flottant dans son esprit à la manière d'un mauvais rêve, lui gâchait le plaisir d'attendre Iris, dans ce lieu pourtant propice à la patience, calme et boudé des foules. Non seulement il avait dû s'habiller à toute vitesse avant de sortir, gâchant l'un de ces moments précieux où l'on se prépare pour l'autre — et cette précipitation lui laissait dans la bouche un goût désagréable —, mais plus encore le souci le hantait d'avoir accepté cette monstrueuse concession, de s'être engagé dans un marché de dupes où il n'y aurait pas de gagnant, au moment où plus que jamais il souhaitait fuir l'abominable contrainte qui l'avait jusque-là enfermé dans un engrenage aux allures de traquenard invisible. Car c'était une vie neuve qu'il désirait commencer avec elle, sa jeunesse constituait le gage d'un nouveau départ, d'une virginité du chemin à parcourir ensemble. Rien ne devait avoir existé qui vînt déposer cailloux et poussière sur le sentier, rien ne devait ternir l'azur qui protégerait le paysage, aucun bruit, aucune épine, aucun laid souvenir.

La galerie de portraits d'Indiens qu'il avait sous les yeux, images en noir et blanc figées sur le papier glacé, lui semblait soudain représenter les jurés d'un procès truqué dont il aurait été l'accusé et que fixaient les victimes, vêtues à la manière des guerriers shawnee, lakota et piednoir, de fiers regards qui ne cillaient pas face à lui, et pénétraient en vrille comme autant de lances aiguës, de flèches effilées. Ceux qu'il avait occis avec l'indifférence du professionnel auraient-ils ainsi soutenu la tension du regard, auraient-ils conservé la dignité des héros tombés au combat, dans l'honneur et l'inébranlable conviction de ceux qui savent leur trépas imminent et que leur grandeur d'âme protège de la mort elle-même ? Ses victimes auraientelles assez manqué de frayeur pour faire plier sa propre certitude, et différer le trait qui allait les frapper, le transposer du moins en une geste noble, un duel régulier abolissant toute lâcheté, toute ignominie ?

Jean n'avait jamais attendu cet instant, pas plus qu'il n'avait offert à ses cibles l'opportunité de voir surgir leur fin, frappant par surprise, le plus souvent à distance, cette distance qui sépare le doigt qui appuie sur la détente du point d'impact qui touchera le cœur, ou le cerveau. L'arme loyale n'était pas en usage chez les tueurs, on ne se battait pas ici, on exécutait. Le contact intervenait le moins possible, il ne s'agissait pas d'une lutte pour sauver sa vie mais d'une froide tactique pour ôter celle de l'autre, presque à son insu. Cet aspect unilatéral du métier d'assassin, Jean en avait maintes fois ressenti le déséquilibre, sans le formuler autrement qu'au travers d'un sentiment confus d'arbitraire. Une préférence aveugle lui était accordée d'emblée, parce qu'il se trouvait être le plus fort tout d'abord, mais surtout en vertu de quelque fausseté maligne du destin, qui s'acharnait à multiplier les irrégularités, à abuser des passe-droits et des faveurs scélérates. Le crime payait, contrairement à ce que les esprits les plus prudents tentaient d'affirmer, de faire passer pour un adage véridique, occupés seulement à préserver le fragile édifice de préjugés qui permettait encore de distinguer la société humaine d'avec une meute de loups enragée. La règle naturelle pourtant allait dans le sens du désordre, de l'entropie galopante et curieusement ce système seul garantissait l'économie la plus rationnelle de l'énergie. La cohésion coûtait plus cher que le chaos, l'ordonné et l'organisé demandaient de plus grands efforts.

Sur le visage des Indiens cependant, on ne décelait nulle dépense superflue derrière leur immobilité tranquille. On aurait dit que l'agencement parfait de leur univers intérieur garantissait la sérénité de leur apparence. Il y avait en eux une énergie contenue qui semblait se maintenir par elle-même, sans lien tenace ni volonté farouche, sans durcissement ni particulière persévérance. De quoi s'agissait-il ? De quelle sorte d'harmonie retiraient-ils cette formidable prétention, alliée à tant de résignation indéchiffrable ? Ces hommes — il n'y avait pas de portraits de femmes — formaient un bloc fait de même matière, alliage de chair et de rocher, de vent et de rivières, de sang et de métal souple, de puissance pure et d'impalpable esprit. Où avaient-ils appris à regarder ainsi ? Venaient-ils tous de la race des chefs, des familles les plus respectées, les plus hautes en qualité, celles au sein desquelles s'enseignaient les valeurs suprêmes ? Jean savait que dans le milieu on le surnommait « le Prince Jean », Piazzo lui-même l'appelait souvent ainsi, par moquerie parfois mais aussi en signe de déférence. Qu'avait-il de commun toutefois avec ces grands seigneurs des plaines américaines, qui était-il qu'on pût lui prêter quelque noblesse, à lui qui n'agissait que dans l'ombre, qui s'était complu dans une existence rampante, rôdant aux abords des gouffres les plus obscurs ?

Quelque chose s'était rompu en lui, un ressort si enfoui qu'on ne pouvait en détecter l'identité, tel un rouage subtil qui aurait cédé et qui fausserait l'ensemble de la mécanique. Jean ne reconnaissait plus ses propres pensées, non qu'il ait véritablement changé, mais de nouvelles perspectives lui apparaissaient désormais, jamais envisagées, et des horizons insoupçonnés s'ouvraient devant lui, à la fois enthousiasmants et terrifiants. Il se sentait en décalage constant, du fait peut-être qu'il n'avait pas encore trouvé sa place dans le nouvel arrangement qui se mettait tumultueusement en place dans son cerveau. Car la machine fonctionnait toujours, malgré les défections, cela tournait même plus vite par moments, mais tellement différemment qu'il en perdait les repères aperçus sitôt qu'il les avait saisis. Il lui semblait ne plus être bon à rien, sinon à aimer la déesse qui lui était échue, à l'aimer encore et encore, jusqu'à épuisement, jusqu'à dissolution complète, tant le besoin et l'envie qu'il avait d'elle lui donnaient parfois le vertige. La sensation qu'il éprouvait alors ressemblait à un engloutissement, cet enfouissement dans les baisers dont parlent les poètes et qui conduit à la perte de toute sensibilité.

D'exécuteur glacial il était devenu chair vivante que le manque et la douleur torturaient. Après des années de maîtrise de ses émotions, d'extinction systématique de ses sentiments, il retrouvait en bloc tout ce qu'il avait cherché à dominer en lui, et cela revenait avec une force accrue, nourrie de toute la résistance accumulée. L'accroc qui avait provoqué la rupture de ses barrages intérieurs, né du séjour américain si déstabilisant, avait entraîné un effondrement assez important pour ruiner l'édifice entier. Tout s'émiettait, de grands pans s'écroulaient, précédant d'autres dislocations, la violence du séisme se répercutait en ondes de choc qui venaient frapper des zones encore intactes et qui bientôt allaient à leur tour se démembrer.

Jean surnageait, il se maintenait du mieux qu'il pouvait à la surface. Après la traversée des rapides qu'il avait effectuée ivre mort à l'automne, il abordait une phase moins remuante du cataclysme, bien que tout aussi dangereuse. Privé de ses moyens habituels, démuni et amputé de ses principaux atouts, il poursuivait la descente au jugé, ayant cessé d'attendre une amélioration, à l'instar de ces spéléologues qui au fond de certains abîmes perdent l'espoir de retrouver jamais la sortie, mais continuent de la chercher, par automatisme et instinct de survie. Leurs jambes les portent encore quand déjà leur esprit a abandonné la partie et se prépare au pire.

Iris n'allait pas tarder. Jean se leva, quitta le bar et revint dans le hall. Juste avant la sortie, une grande porte vitrée fermait le mur de gauche. Dans la partie haute du vitrage, on pouvait lire en lettres dorées *Musée de la Marine*. Jean ne se souvenait pas d'y être jamais entré... Il poussa l'un des battants de verre. Deux monumentales figures de proue en bois poli l'accueillirent, leurs regards fixés devant elles. Les reflets acajou du bois ciré donnaient à la lumière de l'entrée une touche chaude, intime. Tout était silencieux, Jean jeta un coup d'œil alentour. Iris se tenait debout contre le buste d'Henri IV, dont la statue jadis avait affronté les lames à l'avant du navire qui portait son nom, elle s'appuyait nonchalamment sur la gigantesque épaule du monarque et souriait à Jean. D'un pas, ils furent dans les bras l'un de l'autre. Enlacés ils entrèrent dans les salles presque désertes, s'arrêtant longtemps devant les bateaux, de grands modèles réduits de trois-mâts ou de caravelles dont on avait reproduit chaque pièce, chaque menu détail minutieusement et qu'Iris montrait à Jean, lui expliquant ce qu'il ne pouvait voir, trop occupé à s'absorber dans la contemplation de sa nuque, ou de ses mains qui virevoltaient sur le chêne sculpté, à embrasser ses cheveux, à chuchoter à son oreille des mots inventés qu'elle ne comprenait pas et qui la faisaient rire. Jean suivait pourtant le cours de navigation d'Iris, et s'il écoutait distraitement les récits de voyages auxquels elle le conviait, mêlant aux histoires vraies d'improbables contes de mer, il se laissait bercer par le son de sa voix, calmé par la perspective d'un départ immédiat qui l'aurait entraîné loin d'ici, l'emportant sur l'océan à l'abri des dangers, au gré des vents et des courants.

— Quand m'emmènes-tu en bateau ? demanda-t-il.

— Fin février, j'irai sûrement en Irlande. Veux-tu m'accompagner ? Je te présenterai ma grand-mère, elle nous trouvera bien un bateau de pêche sur lequel embarquer.

— Février ? C'est très loin...

— Mais non, dans quelques jours seulement. Quatre semaines ce n'est rien.

— Je ne sais pas... commença Jean et son visage s'assombrit.

6

Les jours se suivent, alternant des périodes de plus grande inquiétude et des moments de calme durant lesquels Jean tente d'oublier la menace qui plane. Le rythme s'accélère et bientôt il ne se passe pas de jour sans qu'il y songe, qu'il s'affole brusquement à la pensée du drame à venir. Des rêves hantent ses nuits, remplis de confusion et dont il s'éveille en sueur, tout haletant. Un matin lorsqu'il ouvre l'œil, le silence l'étreint et il lui semble que c'est ce silence même qui l'a réveillé, tellement le vide est grand autour de lui. Il se lève en hâte, soudain alarmé, « il s'est passé quelque chose, je le sens ». Dehors tout est blanc, il a neigé et le mince manteau ouaté tient encore, fragile, sur les toits et les cheminées, en pains de sucre. Mais l'anxiété s'est emparée de Jean et l'explication des bruits étouffés ne peut suffire à vaincre son émoi. Il appelle Iris au téléphone, qu'il a promis pourtant de ne pas déranger trop tôt. « Qu'y a-t-il, demande-t-elle, tu es tout fiévreux ? — Mais... ? — Je le sais à ta voix, qu'as-tu ? peux-tu sortir ? »

Elle lui fixe un rendez-vous, « pas longtemps, mais je veux te voir, tu m'as fait peur ». L'Olds-mobile attend sous son porche, l'œil fermé, boudeuse. « Quoi ! tu n'aimes pas cette belle neige ? Allons, en route, et pas d'histoires... » La moitié de Paris est avalée, comme parée de voiles translucides, Jean rumine doucement en faisant grincer les vitesses, la voiture râle, sur-saute et bondit de côté, énervée et jalouse, trop jaune dans la neige. Mais voilà déjà l'île et ses quais nostalgiques. Jean fouille du regard, implore la rue et le trottoir, « ne bouge pas, dit-il à l'Oldsmobile parquée, je reviens ».

Et de courir le long des immeubles jusqu'au lieu indiqué, la boutique est fermée, c'est celle d'un glacier, « des glaces par ce temps, ils auront préféré dormir... », raisonne-t-il, et de faire les cent pas, inquiet déjà, doutant, relevant son col où parfois s'insinue une ligne d'eau échappée des gouttières, « c'est bien ici pour-tant, je n'ai pas confondu » bredouille-t-il, tan-dis que peu à peu tout la désigne et que chaque passante lui emprunte un détail. Il la voit dans chaque silhouette qui surgit au coin de la rue, dans chaque ombre qui se glisse au loin, dans chaque reflet de vitrine. Et puis tout à coup elle est là, devant lui, sans qu'il comprenne par où elle est venue, elle tend son visage vers le sien, il entend au bord de ses lèvres son souffle rauque, elle a couru, « vite ! entrons, tu vas être mouillé — Mais c'est fermé ».

Alors elle le pousse en avant, en quête d'un autre refuge, dans son dos il sent ses deux mains qui le guident, la neige a repris qui encombre de gros flocons l'air soudain redevenu pâle, très vite elle l'agrippe et le tire sous un porche auquel succède un capiton, ils s'y appuient et c'est un chant qui les accueille, au seuil de l'église ils s'arrêtent, interdits, dans leurs yeux se reflètent les flammes des lumières qui vacillent, « sortons, dit-elle. — Non, reste un peu, murmure-t-il stupéfait, depuis des siècles je n'ai pas posé le pied dans une église ». Elle prend sa main et ils avancent, précautionneux, dans une demi-obscurité piquetée de bleu, là où la lumière du dehors traverse les vitraux. Quelqu'un chante qu'ils ne voient pas, et l'orgue élève sa plainte.

Dans une abside ils s'immobilisent, sur un support de fer forgé des bougies brûlent dans des godets rouges, il la tient contre lui, tous deux face au chœur vide, il la serre et sent à travers son manteau la chaleur de son petit corps. Elle a fermé les yeux et se laisse bercer, au

234

contact des épaisseurs de vêtements elle cherche à retrouver les lignes de son torse, de son ventre et de ses genoux, à toucher du dos, des mollets les plus larges points de contact, mais sans bouger, sans gigoter absurdement, juste en s'enfonçant dans sa chair, en pesant sur sa poitrine et ses hanches, avec insistance et douceur. Il se laisse envahir, s'engouffrent en lui des voluptés violentes, des flux délicieux et tièdes le submergent, des enclaves se creusent en lui au cœur desquelles se déverse quelque chose qui pourrait être un laudanum ou un poison.

Il a tourné la tête un peu sur le côté et fixe un tableau pas plus grand qu'une page, mal éclairé et craquelé à la surface, accroché près des cierges, où l'on distingue une fille en prière et un lion quelque peu tourmenté, en proie à mille rages maîtrisées pourtant. Les vernis ont tourné et masqué les couleurs mais le visage de la sainte, pâle au milieu des frondaisons, est lumineux et Jean ne voit que cet ovale d'innocence dont la pureté bouleversante l'émeut. Iris dans ses bras se tient coite, tout occupée à pénétrer en lui par la surface, absorbée elle-même par le recueillement de l'église, son vide dense et étonnamment plein, la tension mystérieuse qui les tient tous deux immobiles et les raidit comme des arcs, douloureusement.

Tout est dur en lui et en elle tout crie de désir

et d'urgence, ils sont si frappés d'être là, si décalés dans l'abside qui les retient, si captivés que le premier mouvement semble un arrachement. « Ici, chuchote-t-il, il n'y a personne, viens ! » L'idée de faire un pas le terrasse d'avance. « Non, c'est trop sombre, répond-elle, et puis j'ai besoin d'air, l'odeur d'encens m'étouffe et ce chant m'exaspère. » Ils sortent, ahuris, et le blanc les recueille. Tels deux aveugles retrouvant brusquement la vue ils se cognent, ils s'égarent, hébétés et stupides. « La voiture ! » crie-t-il, comme si d'une machine dépendait leur survie. Ils courent à l'Oldsmobile, se bousculent et se ruent sur les sièges, il démarre et le moteur geint, les roues crissent, Jean s'élance sur l'asphalte tel un bandit, mais la brutalité de ses gestes s'efface brusquement au détour d'un regard qu'Iris lui a lancé. Entier, sans diversions ni décorations inutiles, tout empli de son expression, direct, dans le mille... Ce regard-là transperce et ouvre sans douleur, il écarte la chair et vient frapper le cœur, han ! d'un coup net et franc, sans aucun tremblement.

Où un autre hésiterait, Jean se propulse, se jette littéralement au-devant des ennuis, car dans un océan de désespoirs et d'abandons peut-on accepter de laisser échapper un pur cristal, un ange parfait qui s'arrête soudain de respirer et vous regarde, sourire aux lèvres ? Si dehors il paraît serein, dedans l'ange supposé se livre à un combat furieux, se martèle, s'oblige, se ligote et menace. La belle enfant, penchée au bord du précipice qu'elle contemple, avance un pied menu que griffent déjà les cailloux, se hasarde au bord de la pente qu'elle voudrait bien descendre en douceur et sans heurt, quand une arête de ce genre se dévale en courant, en volant presque, car seule une très grande vitesse peut éviter la chute.

« Non ! vos souliers, mignonne, ne vous soutiendront pas, venez que je vous porte, vous allez voir comment on affronte un à-pic, accrochez-vous et ne regardez pas en bas. » Elle regarde quand même, de ses yeux de poupée agrandis par l'effroi et la félicité, elle le regarde encore et encore, tandis qu'il escalade les escaliers en courant, la tenant fermement contre lui, ne desserrant une main que pour ouvrir la porte, que d'un coup de pied en arrière il fait claquer derrière eux. Les voilà de nouveau réunis, enlacés et brisés sur le ciment où ils se vautrent, à demi dévêtus, cette fois ils n'ont pris le temps de rien ôter, dans la cour la voiture fulmine, pas même arrêtée, ils n'ont fait que se précipiter dans la maison avant de se jeter à l'assaut l'un de l'autre, lui effrayé par la force avec laquelle il l'entreprend, elle est si frêle, elle ne trouvant dans son attaque que le juste écho de la vague qui la soulève et la porte vers lui, renversante bien plus que lui, culbutant tous les échafaudages intérieurs qu'elle avait patiemment bâtis pour lui échapper.

Et de s'ébranler mutuellement, de se mettre à sac, de s'exacerber l'épiderme, trop peu perméable, de s'introduire partout où ils le peuvent afin de se mieux mélanger, de se toucher de l'intérieur, aussi profondément que leur permettent à lui son sexe maladroit, à elle ses doigts trop courts et balbutiants, ils en pleureraient dans leur déchaînement de cette irrémédiable différence qui les sépare et les laisse à jamais étrangers l'un à l'autre. Ah! se donner, s'offrir, renaître en se perdant, en s'égarant dans les molécules de l'autre, chavirer les constructions atomiques, secouer les électrons perchés sur leurs anneaux et faire exploser tout cet arrangement fragile, qui ne tient qu'étayé par le vide qui l'entoure, ce qui est un comble, n'est-ce pas? « N'est-ce pas que vous allez m'aimer, petite demoiselle, lui dit-il à genoux, moi je suis renversé, fou d'amour, je voudrais te dévorer, t'absorber et te garder au chaud dans les circonvolutions de mes intestins... » Elle pleure, la petite, devant qui personne ne s'est agenouillé que celui-là, les cheveux dans les yeux, fous les yeux qui luisent comme des braises ardentes, qui bredouille et se perd, tout bouleversé, échoué comme un lamentable noyé, répandu aux pieds de sa blonde. Elle tente de le soutenir, dans ses bras elle rassemble son corps abandonné, elle le relève comme un pantin à qui l'on veut redonner forme, elle le berce, telle Nausicaa recueillant Ulysse naufragé, à demi nu, pouilleux, abîmé à faire peur. Tous les deux, le sombre et la blondinette, restent ainsi accrochés et l'on ne sait plus qui soutient l'autre et qui bascule, ils se balancent ensemble d'avant en arrière, ils ondoient, titubant l'un contre l'autre dans un même tangage, emportés loin du temps par une unique pulsation qui les apaise, et tandis que le visage tourné vers elle il balbutie des mots d'amour, elle se penche sur lui et ses cheveux balaient les siens, les clairs épis se mélangeant aux mèches noires.

ROSE

Il était près de quatre heures du matin. Rose n'avait pas cessé de parler depuis que nous étions rentrés chez elle. Je buvais tout en l'écoutant de petits verres de vodka glacée et elle m'accompagnait à un rythme plus modéré. Elle fumait beaucoup plus que moi, en revanche.

— Je n'en peux plus, dit-elle soudain, il faut que je dorme. Reste coucher ici, si tu veux, je te raconterai la fin demain matin.

Je me sentais moi-même épuisé et sans aucun courage pour rejoindre mon appartement. La perspective de dormir sur le canapé où j'étais déjà assis me comblait d'aise. Je n'aurais qu'à enlever mes chaussures... Je me laissai tomber en travers des coussins et fermai les yeux.

— C'est d'accord, dis-je à Rose dans un bâillement.

Elle eut un petit rire, se leva et alla chercher dans un placard une sorte de couvre-lit matelassé en satin jaune, qu'elle posa sur l'accoudoir du canapé. Elle me souhaita bonne nuit en effleurant ma joue d'un baiser. À demi abasourdi par l'alcool et l'invraisemblable histoire que Rose avait entrepris de me conter, je m'endormis immédiatement. Mon sommeil fut rempli de rêves, éclairé de mille images incohérentes et pourtant précises, où il était question de maisons, de déménagements, de femmes intraitables avec qui il fallait composer, de contretemps, de brouhahas, de situations absurdes et volatiles. Je m'éveillai brusquement au matin, la mémoire encore chargée de ces sensations colorées. Rose était déjà levée, je l'apercevais dans la cuisine en pyjama.

— Tu es réveillé ? lança-t-elle.

— Quelle heure est-il ?

— Dix heures !

— Hou ! il faut que j'appelle le bureau.

— Dis que tu es malade, s'il te plaît, j'ai encore besoin de toi.

Elle venait d'apparaître sur le seuil de la cuisine, ses cheveux courts ébouriffés autour de la tête. Elle ressemblait à un pinson dont le vent aurait pris le plumage à rebours.

— Ne t'inquiète pas, je vais rester. Préparemoi une aspirine et un café pendant que je téléphone, veux-tu ?

Bientôt je me retrouvai à nouveau calé dans mon canapé dont Rose avait retapé les coussins, prêt à entendre la suite. Mon amie paraissait reposée et elle vint s'asseoir près de moi. Je pouvais sentir l'odeur de la nuit qui se dégageait de son pyjama chiffonné, douce et un peu sucrée. Je la pris dans mes bras et l'embrassai sur la tempe. Elle resta blottie contre moi un instant puis se dégagea.

— C'est à peu près à cette époque-là que je l'ai rencontrée, commença-t-elle. Un jour Jean m'a appelée et s'est invité à dîner. Je me souviens de ses paroles au téléphone : « j'ai deux surprises pour toi » a-t-il dit. La première c'était elle, bien sûr. Il ne m'avait pas prévenue qu'il serait accompagné, c'était d'ailleurs dans ses habitudes de ne rien dire à l'avance. Il avait complètement changé, il paraissait dix ans de moins, la métamorphose était stupéfiante. Il ne la quittait pas des yeux, s'occupait d'elle comme jamais je ne l'avais vu prendre soin de quelqu'un. Elle m'a fait beaucoup d'effet, tout de suite ! Elle était très belle, et comme transparente. Ses cheveux blonds prenaient dans la lumière un éclat d'or clair, presque argenté. J'avais du mal à détacher mes yeux de son visage, il reflétait une pureté telle qu'on n'en voit pas souvent. « Un ange descendu des cieux. » C'était ça... Je me souviens qu'elle portait une jupe courte à plis, gris foncé, et un pull en shetland rouge, moulant, à col montant. Des vêtements simples, mais qui semblaient luxueux sur elle, sophistiqués. Elle n'avait rien d'une fille ordinaire, malgré sa jeunesse. Elle n'a pas parlé tout de suite, mais elle imposait sa présence d'une façon très étonnante, sans avoir besoin de rien dire. Jean la dévorait des yeux, même lorsqu'il me parlait son regard déviait vers elle. Et c'est vrai qu'elle attirait les regards, qu'elle captait l'intérêt de façon presque magnétique.

« L'autre surprise, c'était une sorte de cadeau, une proposition que je ne pouvais pas refuser, et qui m'a fait vraiment plaisir. Tu connais ma passion pour les vieilles pierres... Un ami de Jean ouvrait un chantier de fouilles en Birmanie et cherchait des assistants. Normalement, il n'acceptait que des étudiants, mais Jean avait insisté, arguant du fait que j'avais un peu d'expérience dans ce domaine, et le type était d'accord pour me faire venir. Il fallait partir le plus vite possible, l'archéologue se trouvait déjà sur place... Je n'avais pas de projets précis, l'hiver me donnait envie de repartir, je n'ai pas hésité une seconde. Je trouvais tellement gentil de la part de Jean d'avoir pensé à m'offrir ce séjour. J'ai compris plus tard de quoi il s'agissait, mais sur le moment, je n'aurais jamais imaginé...

« Tu sais, ajouta Rose en me prenant le bras, les services secrets m'emploient de façon ponctuelle. C'est assez irrégulier et en fait, j'ai effectué très peu de missions pour eux. »

Je soupçonnais le père de Rose, un haut fonctionnaire désormais à la retraite, d'avoir manigancé toute cette affaire. Dans les dix dernières années de sa carrière, Verdunacci avait travaillé à la Direction générale des services extérieurs. Il y était encore quand je l'avais rencontré, un jour que Rose m'avait emmené dîner chez ses parents. Je me souvenais d'un grand homme aux cheveux blancs, cassant, sérieux, très impressionnant. Un militaire de haut niveau, comme on en rencontre parfois, qu'une guerre observée de trop près a un jour fait basculer de l'autre côté, dans une espèce de folie contrôlée, d'absurde désespoir... Il était resté très évasif sur ses fonctions quand je l'avais interrogé — la jeunesse a parfois de ces insolentes curiosités — et cela m'avait paru étrange, car alors que j'imaginais volontiers la réalité du contre-espionnage à travers les nouvelles anglaises et les romans noirs des années cinquante, j'avais espéré qu'il dissiperait ma naïveté par quelque explication bien terre à terre d'une banale activité. La vérité est qu'il devait traiter des dossiers tout à fait sérieux et confidentiels et ce vieux renard n'avait rien trouvé de mieux, alors qu'il n'était déjà plus dans la place — mais sort-on jamais vraiment de ce genre de réseau? —, que de recruter sa propre fille pour des missions de renseignement « d'une importance capitale pour le pays », comme il devait certainement le justifier. Rose avait l'esprit suffisamment aventureux pour accepter, cela correspondait bien à son goût pour l'imprévu, pour le risque et à son attirance pour un certain mystère désordonné. Elle ne détestait rien plus que la monotonie et finalement, cela devait lui plaire beaucoup de participer à ce genre d'activités clandestines et protégées, tout en faisant plaisir à son père, qu'elle adorait. Je comprenais mieux toutefois ses incessantes escapades vers des destinations toutes plus farfelues à mes yeux les unes que les autres, et ses innombrables changements de métier, si l'on peut appeler ainsi les fantaisistes appellations qu'elle avait données depuis des années à ce travail d'un genre particulier.

Je ne crus pas un mot bien entendu des réserves que Rose se crut obligée d'émettre, pas plus que je ne me fis d'illusions sur la compréhension qu'elle avait eue du geste de Jean, au moment de sa « proposition ». Elle devait bien supposer qu'elle courait un danger, si tel était le cas, et si elle ne savait pas forcément d'où venait l'ennemi, elle était bien assez intelligente pour comprendre qu'il ne s'agissait pas de vaines menaces. Il était d'ailleurs vraisemblable qu'elle eût reçu déjà des messages d'intimidation, du moins des avertissements. L'occasion de partir tombait à pic, et l'éloignement, même provisoire, dissuaderait ceux qui cherchaient à lui nuire.

Il m'apparut soudain que l'histoire se répétait. Jean avait fui quelques mois plus tôt pour échapper au même type de péril, c'était au tour de Rose maintenant de se mettre au vert. Vu de l'extérieur, il paraissait inconcevable qu'il suffise de franchir quelques milliers de kilomètres pour se mettre à l'abri, à l'ère où l'on nous faisait croire que la planète se réduisait à un petit village. Et pourtant, la méthode semblait avoir fait ses preuves... Jean toutefois avait visiblement mieux choisi le point de chute où allait atterrir son ex-femme : ce que Rose me raconta du chantier de fouilles me le fit apparaître comme une joyeuse villégiature, à l'atmosphère un peu surannée des romans d'Agatha Christie.

J'eus l'impression cependant, mais peut-être est-ce que je me trompais, que le risque encouru par Rose n'était pas aussi important que Jean avait pu l'imaginer. Habitué des pratiques brutales du milieu, sans doute avait-il tendance à prendre ce genre de chantage au sérieux, et il avait cru chaque mot de Piazzo, sans nuancer. Même si l'on pouvait considérer qu'un contrat est toujours un contrat et que la vie de Rose s'en trouvait menacée, je ne pouvais m'empêcher de penser que le patron de Jean avait su profiter d'un point sensible pour amoindrir sa lucidité et le posséder, par esprit de revanche ou par vanité, dans l'unique but d'avoir une fois au moins raison du « prince », dont il se sentait débiteur, au fond. Je n'avais aucune pratique du fonctionnement des services de renseignement, encore moins des lois de la pègre, mais il me semblait qu'on ne se débarrassait pas des gens aussi facilement, surtout lorsqu'ils étaient mandatés par les gouvernements eux-mêmes. Le jeu devait être un peu plus subtil et il devait bien exister de plus fructueuses monnaies d'échange...

Je ne pouvais rien demander à Rose sur ce point, elle n'aurait fait que me répondre évasivement, à la manière dont on brouille une eau pour en masquer la transparence. Je préférais changer de terrain et remettre la conversation sur Iris. Qu'avait pensé Rose de la jeune fille ? N'y avait-il rien qui l'eût particulièrement frappée, mise à part cette exceptionnelle beauté qu'elle décrivait ? Mon amie garda le silence quelques instants, en suçotant le bout de son auriculaire.

— Eh bien! se décida-t-elle, ce qui m'a amusée ce soir-là, c'est ce qu'elle nous a dit de sa famille. J'ai eu l'impression qu'elle avait des dizaines de cousines — elle n'a mentionné que des filles en tout cas. Le frère de son père, d'après ce que j'ai compris, avait épousé la sœur de sa mère, et je me demande même s'il n'y avait pas ainsi trois couples dans le même cas, ce qui fait que tout le monde avait un double lien de parenté. Bref! cela formait un bel écheveau, bien intriqué. Tous ces gens ont fabriqué des ribambelles de filles. Qui vivent toutes dans des lieux impossibles, à l'ouest, toujours à l'ouest. La plus grande bande de cousines habite aux Hébrides, dans l'île de Lewis, si je me souviens bien. Mais d'autres sont installées en Islande, et d'autres encore dans une île de l'Atlantique dont j'ai oublié le nom, à moins que ce ne soit Skye, tout simplement, ou Man ou Arran, je ne sais plus. La façon dont elle décrivait ses cousines, certaines très belles, d'autres très disgraciées, m'a laissé l'impression d'une famille de légende, surgie d'un univers impossible. Tout paraissait très étrange : elle en parlait de manière simple, mais jusqu'à leurs noms sonnaient bizarrement, des noms comme Astrée, Doris, Galathée, Pasithéa, Ianassa. Ce genre de pré-

251

noms... Je me suis demandé d'où sortaient ces gens si originaux, ce qu'ils faisaient dans la vie. À l'entendre on avait le sentiment que personne ne travaillait jamais, que tout ce petit monde passait son temps au bord de la mer, dans l'insouciance, chacun sur son île. Elle-même, Iris, avait quelque chose de troublant. On aurait dit qu'elle n'était pas vraie, qu'elle ne fonctionnait pas comme nous. Elle mangeait, buvait, riait, mais pourtant il se dégageait d'elle un parfum de surnaturel, je ne sais comment décrire ça.

— Les gens des bords de mer ont souvent l'air de venir d'ailleurs, dis-je. Le bleu de leurs yeux, peut-être...

— Oui, c'est possible, acquiesça Rose. Mais cela ne m'avait jamais paru si flagrant. Je ne peux pas dire que ça m'ait gênée, mais je me suis juste demandé comment Jean avait réussi à la captiver, dans l'état où je l'avais laissé après les quelques jours passés chez lui. Et pourtant elle était vraiment mordue, ça crevait les yeux ! Cela sortait d'eux comme une substance impalpable, on aurait dit qu'ils n'arrivaient pas à retenir à l'intérieur tout leur amour, tellement ils en étaient remplis. Ça m'a beaucoup impressionnée...

Rose se tut.

— Tu l'as revue ?

— Non, ce fut notre dernière soirée. Je suis partie deux ou trois jours plus tard pour Rangoon.

À l'expression de tristesse qui avait gagné son visage, je sus que Rose parlait de Jean, et non d'Iris. Je n'insistai pas.

Je comprenais peu à peu à quel point la disparition de Jean affectait mon amie. Je ne crois pas qu'elle l'aimait encore, au sens où on l'entend d'ordinaire, mais au fond, Jean était la personne à qui elle tenait le plus. Il existait entre ces deux-là un attachement si étroit et si fort qu'il avait fini par constituer une sorte d'évidence, presque un lien du sang. Perdre Jean représentait pour Rose le préjudice suprême, quand bien même leur relation ne s'inscrivait plus qu'en pointillé sur la page de leur existence chaotique. D'une certaine manière, ces deux êtres se ressemblaient et je sentais, à la façon dont Rose me parlait de lui, qu'elle en était sans doute beaucoup plus proche, intimement, que cela n'apparaissait au premier coup d'œil. Chacun d'eux avait réagi différemment à ce qui ne constituait, vu de plus près, qu'un seul et même drame survenu au sortir de leur enfance, et qu'ils avaient vécu conjointement. La perte de l'innocence, l'effondrement des remparts de naïveté qu'ils avaient consolidés ensemble durant des années, avait pris pour eux valeur de séisme individuel.

Ils demeuraient liés par le souvenir tragique de cette expérience commune, si bien que, même séparée de Jean, Rose n'avait jamais conçu que s'installât entre eux un éloignement autre que géographique, et si les deux amis ne se voyaient en réalité qu'épisodiquement — surtout lorsque Rose était en voyage —, ils n'en conservaient pas moins l'un pour l'autre un sentiment que le temps n'avait pas entamé. Bien sûr, je n'avais pour en juger que la version de Rose, mais j'aurais parié qu'elle ne s'engageait pas à la légère en parlant pour Jean, que la mort avait définitivement réduit au silence. Je la croyais quand elle affirmait qu'ils étaient l'un pour l'autre tels deux yeux d'un même visage. Leur enfance commune les avait liés plus sûrement que toute autre forme d'union. Ils partageaient des souvenirs que bien peu d'amis plus tardifs ont le privilège de connaître, et leur tendresse mutuelle les dispensait presque de se rencontrer, quand ils savaient qu'ils pouvaient compter sur l'autre sans réserve, à la manière dont on fait appel à un frère ou une sœur, en cas d'urgence ou de besoin extrême.

La mort de Jean, que Rose n'avait ni prévue ni même crue possible, la plaçait face à une difficulté d'un ordre insoupçonné : à la peine s'ajoutait la blessure d'amour-propre. Comment n'avait-elle pas pressenti, à travers la détresse chronique de son ami, l'imminence du désastre ? Comment n'avait-elle pas, elle qui se sentait si proche de lui, unie à lui par une sorte de communication intérieure et transcendante, deviné que ce qui de loin ressemblait à une superbe embellie n'était qu'une rémission de dernière minute, de celles qui précèdent immédiatement le trépas ? Rose voulait voir Jean heureux, elle le souhaitait même tellement qu'elle était prête à accepter n'importe quelle apparence de bonheur, fût-il fatal. En cela elle ne faisait que le rejoindre dans leur excessive et commune vision des choses : plutôt une courte et intense émotion qu'un durable sentiment de confort.

— Quand l'as-tu appris ? demandai-je à Rose après un moment de silence.
— À mon retour, en juin. Mes parents l'avaient su tout de suite, bien sûr. Je ne comprends toujours pas pourquoi ils ne m'ont pas fait prévenir. Ils ont prétendu que, de toute façon, je n'aurais pas eu le temps de revenir pour l'enterrement. C'était un argument stupide, évidemment. Toujours est-il que lorsque je suis rentrée, c'est la première chose qu'ils m'ont dite. Mais personne ne savait rien

m'expliquer... Aucun détail, le flou total ! J'avais l'impression que personne ne voulait me parler. Tout le monde restait très évasif sur les circonstances de sa mort, les parents de Jean changeaient immédiatement de sujet, ce que je pouvais comprendre, mais les miens agissaient de même, ce qui me semblait déjà moins justifié. Finalement, lorsque j'ai compris qu'ils ne me diraient rien, j'ai commencé à chercher. Je n'avais qu'une piste : la jeune fille que Jean avait amenée chez moi, Iris ! Je l'ai retrouvée assez facilement — elle habitait toujours près du Luxembourg — et c'est elle qui m'a appris le reste.

J'étais suspendu aux lèvres de Rose.

— Ça t'intéresse ? demanda-t-elle.

J'acquiesçai d'un signe de tête.

— Alors je vais prendre une douche et m'habiller. La suite dans une demi-heure. Tu as le temps d'aller nous chercher de quoi déjeuner...

Dehors il faisait beau de nouveau. Un sursaut de l'été qui réagissait tardivement, à l'approche de sa fin... Je croisai mon reflet dans une vitrine, je n'étais pas rasé et je donnais l'air d'avoir dormi sur une bouche de métro. Mes vêtements tout froissés rajoutaient à l'effet négligé de mon apparence. À l'épicerie où je fis quelques courses, j'achetai des rasoirs jetables. En sortant de la boutique, j'aperçus un peu plus loin dans la rue une enseigne de fleuriste. J'y fis composer un bouquet de roses jaunes et blanches et revins à l'appartement les bras encombrés de mes emplettes.

Rose sortait de la salle de bains, elle poussa en me voyant des cris de joie et de protestation, m'embrassa, me débarrassa des courses et s'agita pour trouver un vase. J'allai prendre une douche à mon tour et me raser. Je téléphonai une seconde fois au bureau pour confirmer mon absence et la prolonger jusqu'au lendemain. La secrétaire s'inquiéta de ma santé, je la rassurai, j'avais juste un petit problème personnel, balbutiai-je maladroitement, tandis que Rose me pinçait les oreilles. Elle avait retrouvé sa fraîcheur et son air malicieux. J'avais moi-même meilleure mine, mon mal de tête s'était dissipé et je me sentais délicieusement fatigué, mais plutôt joyeux. N'était la perspective du récit tragique qui allait suivre, nous aurions pu croire que rien ne viendrait troubler le plaisir de nos retrouvailles. Rose pourtant s'armait déjà de courage. La gaieté qu'elle affichait masquait certainement l'inquiétude d'avoir à affronter une nouvelle fois le souvenir d'une histoire qui, si elle ne l'avait pas souvent racontée — j'apprendrais plus tard que j'étais en fait le premier à l'entendre —, avait dû occuper son esprit durant des semaines. Rose installa sur la table les provisions que j'avais rapportées et s'assit en face de moi.

— Voici à peu près comment ça s'est passé. Je le tiens d'Iris elle-même, commença-t-elle.

III

1

Jean, dès l'instant où Piazzo l'avait fait tomber dans son embuscade maligne, savait qu'il ne se plierait pas à la loi imposée. Jamais il ne s'était soumis devant quiconque — cela l'avait d'ailleurs conduit bien assez loin dans l'avilissement puisque ses idéaux d'indépendance forcenée l'avaient amené jusqu'au crime organisé —, il n'allait certainement pas céder devant un homme qu'au fond il avait toujours méprisé pour sa bêtise et qu'il se prenait à haïr depuis qu'il comprenait l'emprise qu'il exerçait sur lui, le tenant fermement à sa merci et jouant désormais cartes sur table. Piazzo n'en voulait pas à Jean, il ne souhaitait que le mettre à sa botte, et finalement il lui était facile d'y parvenir, ce que Jean avait toujours refusé d'admettre. Ils avaient joué au chat et à la souris, chacun observant l'autre dans la conviction qu'il le possédait déjà, chacun feignant de croire qu'ils concouraient tous les deux à égalité, quand depuis le début il n'avait jamais été question pour Piazzo de ne pas maîtriser celui qu'il considérait sincèrement comme une sorte de seigneur, mais qu'il devait écraser tôt ou tard, pour ne pas être vaincu lui-même. Or Jean ne cherchait pas à gagner quoi que ce soit, il se moquait bien de Piazzo dès lors qu'il décidait de changer de registre et d'abandonner une activité à laquelle il n'avait plus goût. À ses yeux la partie était terminée, on se quittait pour ne plus jamais se revoir, la pièce était jouée, rideau ! Ce qu'il ne savait pas encore mais qu'il pressentait confusément, et que les derniers épisodes de l'affaire avaient éclairé d'un jour nouveau et plutôt inquiétant, c'est que Piazzo ne comprenait pas ce langage. Pour lui, Jean tramait quelque complot auquel il n'avait jamais rien entendu, et il ne pouvait, sous peine de s'exposer lui-même, le laisser filer dans la nature.

Dans le même temps, les raisons que Jean invoquait de conserver sa dignité avaient brusquement pris plus d'ampleur, renforçant sa volonté de ne pas céder. Depuis qu'il avait rencontré Iris, et qu'en son cœur l'espoir s'était rallumé d'une existence enfin supportable, ce à quoi il avait passé des années lui paraissait soudain aussi étranger qu'un pays lointain où il n'aurait jamais mis les pieds. Il trouvait désormais insensé d'accepter un meurtre supplémentaire, alors qu'il avait pris la décision de changer tout, de ne plus avoir affaire avec le milieu. Car non seulement il n'y voyait plus d'intérêt personnel — il se demandait même ce qu'avait bien pu être le sien durant des années —, mais l'idée le gênait profondément, le choquait presque. Que Piazzo ne comprît pas cela lui apparaissait aussi absurde qu'une promesse d'orage sur un lagon polynésien. Mais si Jean ne se préparait pas véritablement à affronter le danger qui allait venir, la modification de son état d'esprit ne suffisait pas néanmoins à l'aveugler sur la vraisemblance du marché, et son extrême gravité. Le gros Piazzo ne lâcherait pas prise... Jean ne savait pas exactement quelle pouvait être sa réaction, mais l'existence d'Iris suffisait à le garder éveillé. Piazzo chercherait à lui faire peur, comme il l'avait fait avec Rose. Mais jusqu'où était-il capable d'aller pour le faire plier ? Que le truand pût s'en prendre à la femme qu'il adorait mettait Jean hors de lui et à mesure que les jours se succédaient, la proximité de l'échéance se rétrécissant, Jean sentait la fièvre de l'angoisse le gagner. Piazzo pouvait appeler d'un jour à l'autre, et le traquer ensuite, en vertu de la parole engagée.

Bientôt il fut incapable de porter seul ce répugnant fardeau. Le piège se refermait avec la lenteur inexorable des mouvements affreusement ralentis, l'oppression se faisait sentir de jour en jour plus appuyée et le halètement du prisonnier que désormais rien ne protège sifflait à ses oreilles. Il ne pouvait plus cacher à Iris son affolement et le déchaînement physique de leur passion ne parvenait plus à dissiper l'étau qui enserrait ses pensées et le ligotait intérieurement. Un soir, il sortit de chez lui, monta dans l'Oldsmobile et s'en fut la chercher. Le froid avait repris, un regain piquant et coupant de vent du Nord, un air polaire qui descendait des hauteurs de la banquise et glaçait le ciel de l'hémisphère entier. La nuit prenait la couleur sombre des bleus de Chine presque noirs, chichement piquetée d'étoiles pâles. Arrivé chez sa belle, Jean ne voulut même pas franchir le seuil et insista pour qu'ils partent en promenade.

— À cette heure-ci ? dit-elle, surprise, et par ce froid ? Où allons-nous ?

— Nulle part, répondit Jean, mais je veux être à l'extérieur.

À bord de la voiture, tels deux cosmonautes isolés, ils se dirigent vers les quartiers nouveaux, là où la ville donne le vertige, dans les virages infinis des autoroutes entrelacées, à travers la splendeur des volumes géométriques qui s'élèvent toujours plus haut, tours brillantes aux arêtes en saillie, illuminées malgré le vide qui résonne. Ils vont en silence, aspirés par les courbes centrifuges du bitume, ils roulent dans la nuit pure et muette, tous deux bercés par la double chaleur de l'habitacle et de leur proximité. Jean va lentement, à un rythme toujours égal, et autour d'eux les cités défilent, alignements d'immeubles arrogants, parfois élégants, toujours nets. Des lignes droites, des murs partant vers le ciel telles des fusées, des réverbères allongés, des matériaux à l'incomparable résistance, des forêts entières de métal et de béton armé, des cohortes de fenêtres inouvrables, des visions de métropoles froides et désincarnées dont la beauté fugitive émeut par instants, au détour d'un nouveau virage, à la manière du trouble que l'on doit ressentir dans l'espace, lorsque lancé à toute allure dans les galaxies on prend conscience de l'inhumanité de l'univers, de sa glaciale indifférence.

Jean prend la main qu'Iris a posée sur sa cuisse et dit :

— Ça va faire un peu mal, mais tu vas comprendre...

Elle le regarde et sourit drôlement, comme si elle découvrait à ses côtés un minuscule enfant qu'elle s'apprêterait à entendre, à consoler. Et le voici, les yeux fixés sur la route, les mains accrochées au volant, qui se met à parler. Roulant toujours au hasard des souterrains, à la rencontre de nouveaux blocs de marbre et d'acier, il lui dévoile son passé, sans rien omettre du parcours qui depuis les années lointaines l'a conduit jusqu'à elle, terme inattendu de sa vie d'avanies. De temps en temps il lui jette un coup d'œil rapide, inquiet de son silence, mais elle n'a pas cillé, elle continue de regarder autour d'elle les paysages urbains empreints de poésie nocturne, le visage éclairé d'un sourire léger, les yeux miroitant de mille reflets orangés qui s'affolent en file indienne sur sa pupille, lignes de photophores imprimés en éclairs brillants dans ses yeux sereins.

Elle écoute Jean s'enfoncer, aller plus avant dans la plongée qu'il a amorcée, elle l'entend se noircir et rabaisser son existence à celle d'un chien galeux et pourtant rien ne change en elle. On dirait qu'elle connaît cette histoire par cœur et qu'elle s'est attendue depuis le début à ce qu'on la lui raconte à nouveau. « Oui, oui, semble dire son sourire, je sais, je sais bien tout cela. »

Et la ville les enrobe, les méandres de voies les perdent en un itinéraire incontrôlé, Jean ne sait où il va et la voiture dirige à sa guise l'exploration. Il y a dans cette nuit un silence feutré agrémenté d'un ronronnement lointain dont on ne sait s'il provient des usines avoisinantes ou des bretelles plus distantes d'auto-routes annexes, à moins que le grondement sourd de la mer ne parvienne à travers le pays jusqu'à eux, l'air froid porte parfois le son très loin, très loin. Iris s'est tournée vers Jean et l'observe avec l'expression attendrie des amantes. « Qu'il est beau, pense-t-elle, que j'aime ce tempérament tourmenté, cette noirceur profonde, si désespérée. Qu'il est humain et que cela me touche... »

Elle s'est tournée vers lui, a posé ses doigts sur sa nuque, entre la naissance des cheveux et le col de sa chemise et caresse sa peau, lentement.

— Quelle belle nuit, dit-elle. Ne sois pas triste... Tout cela n'a pas d'importance, ça m'est égal et puis je connais ces histoires. Mes ancêtres furent pirates, corsaires, aventuriers, les dieux des mers ne règnent pas sans y laisser quelques cadavres. J'ai l'habitude... Et qu'importe après tout, puisqu'il faut mourir tôt ou tard. Tu sais cela aussi, n'est-ce pas ?

— Ma belle amie, murmure Jean en portant la main libre d'Iris à ses lèvres, où irons-nous ?

— Nulle part on n'échappe à sa fin. La mort est là partout, qui rattrape ceux qui s'enfuient. Pourquoi partir ? Tu n'es pas menacé...

— Je le serai bientôt. Comprends-moi, Iris, je veux vivre. Plus que jamais je me sens prêt à vivre. Je ne supporterais pas d'être en plus arraché à toi.

Elle sourit, et ses yeux se perdent devant elle, à travers le pare-brise elle regarde la ville endormie, aux fenêtres des tours les lumières se sont éteintes une à une.

— Je t'aime aussi, Jean, je t'aime passionnément, et crois-moi, cela me fait souffrir aussi.

— Tu m'en veux? Tu es déçue d'apprendre que...

— Non, je suis plus attachée à toi qu'à ma propre vie. Si je pouvais te sauver, je le ferais. Peu m'importent ton passé et ce que tu as fait, pour moi tu es unique, le plus superbe et le plus exaltant des hommes, le plus rêvé, le plus désiré, cela me bouleverse à chaque instant. Je ne te laisserai pas seul, n'aie crainte, je serai avec toi.

Jean retient l'émotion qui lui noue la gorge, une boule douloureuse s'est formée qui l'empêche de respirer. Il est si troublé qu'il ne peut ni pleurer ni parler. Son cœur se met à battre follement, il serre la main d'Iris de toutes ses forces, il va se rompre. Après des années de vie rampante, d'abdication, voilà qu'il a trouvé au terme du voyage le tribunal dont il attendait le jugement. Et c'est une fillette aux cheveux d'avoine qu'on lui envoie, chargée de rendre le verdict et d'appliquer la peine, ô douce peine que celle de recevoir le châtiment de ses mains tendres. Mais n'aurait-il pu éviter l'expiation, n'aurait-il pu comme tant d'autres partir le cœur léger au bras de sa fiancée, pourquoi faut-il souffrir toujours ? demande-t-il aux étoiles, aux fins nuages qui passent dans le ciel de nuit, insouciants.

— Rentrons, dit-elle, il se fait tard.

Sur le chemin qui les ramène au cœur de Paris, ils sont seuls. Plus de voitures, de rares taxis qui foncent, un camion de temps à autre qu'ils dépassent. Ils se taisent et Jean tente de faire de l'ordre dans le tumulte de ses sentiments. Non qu'il ait véritablement souhaité qu'elle l'accuse et le méprise, mais il attendait d'elle une autre réaction, au moins un mouvement de recul avant de se résigner, un regard effaré, un blâme, une plainte. À la place elle n'a opposé que tranquillité, comme si tout cela touchait à la banalité, à l'attendu. Avait-elle deviné ? Cela se voit-il tant ? Non, la part secrète des êtres nous reste étrangère, et la surface rend si mal compte de l'intérieur... Est-ce si peu grave, se demande-t-il soudain, qu'elle l'admette sans plus de souci ? Ou s'est-elle aveuglée au point de ne plus posséder la moindre lucidité sur son cas ? Non, encore non ! ce n'est ni l'inconscience ni le manque de discernement qui servent Jean dans le procès qu'il a lui-même engagé, mais bien la supériorité

269

d'Iris, au-delà des morales humaines. Elle est un de ces êtres épargnés par les vices et qu'une rare grandeur préserve des jugements étroits. L'amour qu'elle éprouve pour lui l'élève encore, tout comme la passion transcende la nature mauvaise de Jean, et tous deux sont suspendus entre terre et nuées, ils échappent aux règles mesquines, ils sont tombés aux mains d'instances souveraines, rendus indestructibles derrière la cuirasse de leur sentiment. Jean reprend confiance, il s'appuie sur elle, qui va le sauver...

La révélation de Jean ne fit que précipiter l'intensité de leur amour. Ainsi est-ce gouvernés par une sorte d'état d'urgence qu'ils se voient durant les jours froids de février, sans rythme ni préméditation, au gré des rencontres et des rendez-vous, par brusques assauts, par vagues déferlantes. Ils vont parfois à l'aventure et explorent des lieux proches qui pourtant leur semblent lointains, des parcs situés en bordure de ville et qui prennent soudain l'allure de forêts reculées où se dressent des hêtres géants aux troncs lisses et argentés, enivrants de hauteur. Il y a en ces jours d'hiver une lumière rasante, quand le soleil frappe à hauteur d'yeux et éblouit déjà, promesse de jours plus doux et plus longs.

Leur viennent dans les bois déserts des envies de se jeter dans les buissons, de rouler dans les massifs plantés et de s'enlacer, à même la terre froide, à même la boue qui remplit les ornières des allées. Leur souffle se fait court tandis qu'il l'appuie contre le tronc velouté d'un grand arbre, et les petits nuages de vapeur qui s'échappent de leurs bouches se densifient soudain, plus blancs, tel un fluide précieux qui sortirait de leur corps pour s'unir à celui de l'autre. Ils mélangent leurs haleines, leurs bouches et leurs salives, ils combinent les touchers de leurs peaux, se frottant, s'imprégnant, titubant dans les feuilles mortes, au milieu des taillis crissants, des branches sèches. Parlent-ils, se racontent-ils ? Non, ils s'empoignent et ne laissent échapper pendant leurs corps à corps que des bribes de mots qui dérapent, omettant l'essentiel qu'ils connaissent déjà, qu'ils lisent à chaque instant dans les yeux l'un de l'autre.

Voudraient-ils le citer d'ailleurs, le passé disparaît, se dissout dans une sorte de flou dont on ne peut rien retenir, les dates manquent, ne restent de leurs souvenirs que ceux attachés à un autre qui serait eux mais ne leur ressemblerait déjà plus et qu'ils considèrent désormais comme un étranger. Tout fuit, tout se dilue au fur et à mesure que les englobe leur passion, la ville même perd de sa réalité et ainsi vont des choses auxquelles ils touchent. Aussi s'enfoncent-ils comme en une eau trop molle, et bientôt ils sont enserrés par des algues qui les prennent aux chevilles et se coulent le long des jambes. Ils se désirent sans cesse, se rêvent, s'attendent et s'espèrent et n'ont, lorsqu'ils sont séparés, pas d'autre vœu que d'être réunis. Bientôt ils se cherchent si fréquemment qu'ils ne font plus qu'attendre la rencontre et au terme de leurs trépidations convulsives surgit la nausée d'avoir à se quitter encore, à peine adoucie par la pro-messe des retrouvailles, quelques heures plus tard, quelques jours, demain, ce soir, après la nuit. À la violence extatique des moments pas-sés ensemble se mêle l'anxiété de la souffrance à venir, à la palpitation des cœurs s'ajoute celle, plus heurtée, que l'on éprouve à l'évocation de la solitude future. Leur beauté grandit, assortie de cette nouvelle intensité, leurs traits s'épurent et se dépouillent, leurs yeux s'écarquillent de perplexité à la vue de ce qu'ils refusent. Car ils s'échappent en permanence, ils se font défaut l'un à l'autre, s'arrachent et se fuient, s'en retournent, appelés par quelque tourment secret, par quelque bourreau qui les tient, les retient, ne leur laissant que des temps fraction-nés et toujours devant prendre fin. Plus fréquents sont leurs rendez-vous, plus brutales sont leurs étreintes, on dirait que la précipitation leur ôte toute désinvolture. La violence avec laquelle ils se prennent ressemble à celle d'un pillage, d'une invasion. Ils s'aiment comme on harponne, comme on ravit, comme on rafle. Ils se brisent, se fracassent l'un contre l'autre, s'écrasent, s'échancrent, ils s'émiettent et se déchirent. Parfois il pleure et parfois elle gémit, tout meurtris qu'ils sont par l'amour qui les ravage et que leurs corps ne peuvent traduire sans blessure. Ils se quittent en proie au regret d'avoir perdu la douceur des regards, la clarté des premiers instants, lorsque tout était à naître et à vivre, lorsque le temps sur eux n'avait pas posé sa griffe mauvaise.

2

Si la rencontre d'Iris avait eu de l'effet sur Jean, en sens inverse cela n'avait pas moins affecté la jeune fille. Au contact de la personnalité de Jean, qui lui apparaissait tout entière tournée vers la liberté, au sens où son amant ne présentait rien de raisonnable et en cela ne ressemblait pas à ceux qu'elle côtoyait depuis son installation à Paris — « un aventurier », auraient dit les plus tolérants —, elle s'était débarrassée de certaines incertitudes qui encombraient encore son esprit d'enfant, avait abandonné nombre d'indécisions qui parfois la faisaient hésiter entre une certaine forme de raison et une vraie sagesse, et s'était lancée à fond dans la voie qu'en réalité elle avait choisie depuis le début. Aussi, délaissant peu à peu les cours de l'École centrale qui ne la rapprochaient en rien de ce qu'elle aimait véritablement, avait-elle entrepris d'achever la construction de son premier bateau

— achèvement qui ressemblait plutôt à un début, quand tout restait à accomplir pour faire surgir du néant un objet concret — et à cela elle consacrait le plus clair de ses jours, et même une partie de ses nuits, volant à Jean des moments de plus en plus longs qu'elle passait à sa table à dessin, mettant un point final aux esquisses avant le passage au chantier lui-même. L'exercice prenait pour elle valeur de point d'ancrage dans une réalité qui lui échappait de jour en jour, au fur et à mesure que la passion morbide qu'elle entretenait avec Jean faussait le jeu. La confusion qu'installait dans son esprit une situation qu'elle avait de plus en plus de mal à contrôler l'affaiblissait et fragilisait ses défenses les plus animales. Elle s'accrochait à son bateau comme à la terre ferme un naufragé, et l'ironie supplémentaire du sort qui se jouait d'elle ne manquait pas de lui apparaître, quand par instants elle tentait de se reprendre et de conserver un semblant de lucidité.

« Je construis notre fuite » disait-elle à Jean lorsqu'il se plaignait qu'elle lui échappât trop souvent, s'exaspérant de la voir s'engager dans un si long travail quand il s'agissait pour lui de profiter de l'instant, et vite! Elle avait loué à Ivry une sorte de hangar où elle comptait installer son chantier. Des planches avaient été livrées déjà, et des caisses de matériaux, une sorte de

275

machine aussi, comme un portique, où des filins et des chaînes coulissaient le long de glissières. Rien ne prenait forme vraiment toutefois. Jean se rendait rarement à l'atelier d'Iris, quelque chose l'en empêchait. Une sorte de gêne, qu'il n'expliquait pas. Il préférait prendre patience, jamais pourtant il n'avait été si pressé... Une après-midi la jeune fille téléphona et dit « j'ai quelque chose à te montrer, viens maintenant, chez moi ».

— Qu'est-ce que c'est ? demande Jean.

— Tu vas voir, c'est magnifique...

La troisième dimension manquait d'autant plus à Iris que le besoin devenait impérieux de connaître l'objet sur quoi elle projetait son salut et elle s'impatientait de ne pouvoir passer à l'action au plus vite, le charpentier de marine sur lequel elle comptait ayant retardé son arrivée. Elle avait eu l'idée, en attendant que ses plans ne prennent forme, d'envoyer à son grand-père les esquisses les plus abouties de son sloop et avait demandé au vieux marin passionné de petits navires de lui fabriquer une maquette, même rudimentaire, mais au moins pourrait-elle toucher le résultat. Non content de relever le défi, le Breton s'était piqué au jeu et avec l'aide de quelques autres loups de mer avait confectionné un bijou de bois clair, entièrement gréé, ajusté au millimètre, et que la poste avait véhiculé depuis Roscoff empaqueté dans force plastique bulle et copeaux de polystyrène. Iris hurla de joie à la vue de son premier-né. Elle l'avait baptisé Jean et le grand-père, fidèle aux instructions et soucieux du rituel, avait fixé à l'avant de la coque un minuscule panonceau de bois foncé sur lequel il avait peint en lettres blanches le nom de celui à qui la belle Iris dédiait le voilier.

Jean fut émerveillé. Il n'imaginait pas que l'on pût concevoir un objet flottant aussi élégant, et qu'il ait lui-même su inspirer tant de finesse racée le remplissait de fierté et de joie. Iris ne se lassait pas de contempler son œuvre : elle avait saisi le bateau à deux mains sous la coque et le faisait naviguer dans l'air, mimant la houle et soufflant sur ses mâts. Jean la suivait des yeux, attendri : elle ressemblait à une enfant qu'un trop beau cadeau comble d'enthousiasme. Le bonheur qu'il lisait dans ses prunelles azurées faisait ressurgir la mélancolie d'avoir à lutter pour conserver intacte la sensation de son propre enchantement. La fragilité du bateau, la pureté de ses lignes, sa grâce lui renvoyaient l'écho de ce que représentait leur amour. Une illusion sublime, un rêve tangible mais sans avenir, et dont la vanité tenait tout entière dans ce paradoxe : la force de sa passion s'accroissait à mesure que s'estompait son épanouissement. Plus Jean concevait l'impossibilité de durer, plus cher en lui grandissait le désir de prolonger l'instant, de l'étirer à l'infini.

Une nuit qu'il a dormi chez elle, Jean s'éveille à l'aube, en sursaut. Il dégage les jambes d'Iris prises dans les siennes, sort du lit. Le ciel à la fenêtre est encore sombre, la nuit prend fin mais le jour tarde à se lever, frileux. Il porte la main à son front, il est brûlant, moite, et son cœur bat trop vite. Il sent ses jambes s'amollir sous lui, des éclairs vibrent dans sa tête, il s'accroche à une étagère, s'appuie au mur, il va vomir. Il rejoint précipitamment la salle de bains et déverse sa bile contre l'émail blanc, dedans il y a la terre entière, les trottoirs sales des villes et les ornières des chemins de campagne, les étoiles mortes du ciel et les faces des pauvres gens rongées par la misère et la peur... Dans sa bouche Jean retrouve le goût des aubes meurtrières lorsque, anéanti par l'alcool et le dégoût de soi, il se voyait mort, détruit, puant déjà, dévoré par la vermine. Revivre cela le submerge de honte, l'affaiblit plus encore, et de cet avilissement retrouvé surgissent la révolte et la force de se redresser. Il se lave et s'habille, prépare du café, puis va chercher Iris. Il la secoue doucement

« réveille-toi vite, il faut partir — Quoi ? Que se passe-t-il ? Tu es tout pâle... — Je t'emmène à la mer, prépare-toi, il fait presque jour. » Elle a des gestes de somnambule tandis qu'elle se hâte, les yeux encore à demi clos, à la bouche un sourire d'enfant. Elle feint de protester, renonce, avale son bol et dit « je suis prête » en hochant la tête d'un air faussement résigné.

« Hou ! que c'est beau », rit-elle alors que lancés déjà sur l'autoroute ils voient se lever le soleil derrière les murs de châtaigniers qui bordent le parc de Marly, telle une armée rangée de branches noires impénétrables. « Qu'est-ce qui t'a pris ? demande-t-elle après un long moment. — J'ai cru que j'allais mourir... Je voulais te voir devant la mer avant. — Ne viendras-tu pas en Irlande, alors ? — Je ne pouvais pas attendre. Il sera peut-être trop tard, tu sais... — Où va-t-on ? — Pas trop loin, sur la côte d'Albâtre. »

Jean, qui poussait la voiture à toute vitesse, jetait par instants un coup d'œil en direction d'Iris. Il voyait son visage s'éclaircir à mesure qu'il s'éveillait. L'excitation qu'il pouvait lire dans ses prunelles claires le réjouissait autant qu'elle le troublait, dans la distance que ce bonheur introduisait entre eux. Iris gardait pour elle cette joie éprouvée à la pensée des retrouvailles, elle savourait au fond de son cœur quelque chose dont Jean se sentait exclu, même si, quand elle se tournait vers lui et croisait son regard, il pouvait y lire toute la reconnaissance et le plaisir qu'elle éprouvait en silence. Bientôt les panneaux se multiplièrent, qui indiquaient les villes du bord de mer, Jean suivit arbitrairement la direction d'Étretat parce qu'il se souvenait de vacances qu'il avait passées jadis près de là et aussi à cause des galets de la plage, qui une année avaient été déplacés par la tempête jusque dans la ville, les rues en étaient couvertes tandis que sur la grève, une fois la mer calmée et le flot refoulé, on avait pu apercevoir le socle nu, où pas même une algue ne s'était maintenue, tout avait été arraché.

Ils laissèrent la voiture sur le front de mer et partirent à pied vers la falaise par un chemin qui montait en pente raide, presque droit jusqu'au plateau. Bientôt ils furent en haut, le vent soufflait assez fort et les nuages couraient dans le grand ciel ouvert. En bas les vagues se bousculaient sans violence, raclant les fonds avec patience. Iris respirait l'air comme un chien, en reniflant bruyamment. Elle parcourait deux fois plus de chemin que Jean qui avançait lentement, goûtant l'étrange décalage de se retrouver soudain face à la mer, tandis qu'Iris virevoltait, courait presque, revenait vers lui, piétinant la lande sèche, tourbillonnante.

Jean la saisit tout à coup par le poignet, l'attire à lui, l'entoure de ses bras. « Du calme, ma sirène, reste un peu tranquille. » Elle rit. « Ce n'est pas aussi beau que la Bretagne, mais c'est beau quand même. — Et pourquoi cela ? » demande Jean, roulant des yeux sévères.

— Parce que c'est vert, et que moi je préfère le bleu. Jamais tu ne verrais ce vert-là en Bretagne, pas cette couleur d'huître, pas ce brouillage, on dirait que c'est rempli de lait et de feuilles.

— Mais c'est moins froid...

— Tu veux te baigner ?

— Non, je parlais de la couleur, c'est plus accueillant d'une certaine manière, moins glaçant, moins immatériel.

— Plus humain ? fait-elle, moqueuse.

— Oui, c'est sûrement ça, murmure-t-il en la renversant par terre.

Il roule avec elle sur le sol dur, arrêtant leur tournoiement contre des pierres saillantes, elle rit, le vent leur souffle dessus et ils se serrent plus fort, s'embrassent, avec dans l'oreille le bruit de la houle régulière qui vient frapper la roche tendre, à quelques dizaines de mètres sous eux. Au-dessus le ciel blanc où s'étirent maintenant de grands bancs de nuées transparentes qui laissent voir des flaques bleues, d'un bleu clair délavé que le soleil trop voilé ne parvient pas à rendre étincelant. Tout est un peu trop amolli dans ce paysage, jusqu'à la couleur de craie des falaises, peu de contraste, plutôt de tendres camaïeux, des gammes de gris et de verts, de blancs et jaunes.

— Rapprochons-nous, dit-elle, je ne vois plus la mer.

Ils rampent jusqu'au bord de l'à-pic.

— Ne te penche pas, dit Jean en la tenant par la ceinture.

— Quoi? Tu as peur? répond Iris en le secouant.

Accrochée au revers de sa veste elle le pousse vers l'abîme, joue à le renverser, fait basculer sa tête au-dessus du vide... Jean la regarde, ne la quitte pas des yeux.

— Si je tombe, tu tombes avec moi... prévient-il.

« Bien sûr » chuchote-t-elle et elle se penche pour l'embrasser et Jean sent l'arête de la falaise sous son dos, le dernier plat au niveau de ses reins puis la courbe déchiquetée du coin de terre qui vient griffer ses omoplates, Iris l'étouffe à moitié, il s'agrippe à elle autant qu'au sol dont il a saisi la roche à pleines mains.

— Tu m'entraînerais avec toi, espèce de bandit! menace-t-elle, mais tu ne sais pas à qui tu as

282

affaire, c'est moi qui vais te jeter par-dessus bord, tu seras dévoré par les poissons et dispersé dans les océans du monde. Allez ! ne te retiens pas, montre-moi que tu es un homme.

Et Jean lâche toute prise et lui sourit, rien ne bouge pourtant, ni le sol surélevé qui le soutient ni Iris qui se maintient bien plaquée contre lui, il est comme suspendu entre elle et la mer qu'il entend rouler par en bas, tout est bien, cela pourrait finir ainsi, ce serait presque heureux, si ce n'était le gâchis laissé derrière, irréparable, mais cela, rien ne peut l'effacer désormais. Elle l'a saisi par le devant de sa veste et le tire à elle, renversée vers l'arrière.

— La mer ne veut pas de toi, Jean, pas comme ça. Si tu viens avec moi en Irlande, je te montrerai comment on s'éloigne en marin.

— Je suis indigne de l'océan, murmure-t-il.

— Il ne peut rien me refuser, assure-t-elle en confidence.

— Quelle magicienne es-tu donc ? souffle le condamné.

— Iris, je suis Iris...

Jean se tait, ferme les yeux, elle se relève, prend sa main et l'aide à s'asseoir, « il aurait suffi d'un mouvement » pense-t-il.

— J'ai faim, déclare-t-elle, insouciante, mais avant je veux me baigner, redescendons.

« Reviens, tu vas prendre froid » crie Jean debout sur la plage, la cherchant des yeux qui joue dans les vagues, s'éloigne, reparaît, replonge. « Que fait-elle ? » s'inquiète-t-il, incapable de se mettre à l'eau lui-même, soucieux pourtant qu'elle puisse avoir un malaise, l'eau est si fraîche. « Iris, hurle-t-il, reviens, je t'en prie. » Elle n'entend rien, il ne la voit plus, elle a disparu, il s'affole, ôte ses chaussures, avance un pied dans l'écume. Et soudain il conçoit à quel point l'inquiétude des dernières semaines l'a diminué : il n'a plus confiance en personne, ne croit plus à rien de facile ou de léger et ce doute permanent l'empêche de se laisser aller à la résignation, quand il lui faudrait accepter ce dernier abandon. Toutes les peurs qui lui étaient devenues étrangères le rattrapent, en surgissent même de nouvelles qu'il n'avait jamais ressenties. Avait-il déjà craint pour la vie d'une baigneuse ? « C'est absurde ! » soupire-t-il, avant de se laisser tomber et de s'asseoir sur le sable humide, ses chaussures à la main. De petits ruisseaux courent à la surface de la grève, minuscules fleuves qui se pressent vers la mer, contournant les obstacles, déterminés, des paquets d'algues dont on se demande si elles sont encore vivantes s'alanguissent en amas vert vif ou rouge brun, des coquillages échoués se font rouler par les vaguelettes les plus hardies, qui viennent lécher les pieds de Jean. Il entend des cris, Iris sort de l'eau, la peau bleuie et les lèvres incolores, battant des bras, trébuchant sur les cailloux. Jean se précipite, la serre entre les pans de son manteau, elle est glacée, il la frotte, elle piaille et claque des dents, il lèche le sel sur ses joues, au coin de ses lèvres, sur son front, embrasse ses yeux.

— On dirait la naissance de Vénus en Antarctique... dit-il. Tu es bleue!

— Tout mon sang est dans mon cœur, souffle-t-elle. Je t'aime énormément...

— Ça fait un peu peur, tu es sûre que...

— Je suis vivante, n'aie crainte, grelotte-t-elle. Les fantômes sortis de la mer n'ont pas la chair de poule. Et ils sont d'une autre couleur... Dans les langues celtes d'ailleurs, il n'y a pas de mot pour dire bleu.

— Pourquoi?

— Je ne sais pas. Peut-être parce que c'est la couleur de l'infini, et du néant...

Et elle éclate de rire, Jean s'est écarté d'elle, interdit, et la regarde, toute pâle entre ses mains qui la tiennent aux épaules, secouée de rire, véritable nymphe tombée du ciel, nue comme la vérité, lisse comme la mort. C'est cette créature imprévue et secrète qu'il aime et elle ne cesse de lui échapper, de le dominer de son énergie vitale inépuisable, Jean s'essouffle à vouloir la poursuivre, comme dans ce déprimant paradoxe formulé par Zénon où jamais le véloce Achille ne peut rejoindre la tortue.

Pendant qu'Iris s'escrime à enfiler ses vêtements qui accrochent sur la peau humide, Jean contemple la mer, tout chaviré par l'énorme masse liquide qui s'étend à perte de vue. Non ! il n'avait pas imaginé cette fin et cela lui fait peur tout à coup, plus peur encore que lorsqu'il n'identifiait pas le danger. Tout lui échappe de cet élément qu'il ne connaît pas, tout le heurte dans la démesure tournante de ce continent amer, du vaste empire des ondes sur lequel il ne s'est jamais aventuré. Mais que peut-il espérer de plus reluisant qu'un engloutissement dans les lames, est-il seulement question de préférer au naufrage l'égorgement au fond d'une impasse crasseuse ou l'assassinat au calibre douze, celui qui fait exploser le crâne entier ? Que craint-il encore, quand déjà la main du destin est si précieuse à son cœur, si douce à son tourment ? « Tu viens ? » l'entend-il appeler dans son dos. Oui, répond-il sans la regarder et cela prend pour lui valeur d'engagement véritable. Il ne va pas se montrer lâche, pas cette fois, pas devant elle.

3

Jean se prend à rêver toutefois, il imagine un enlèvement, une fuite à travers le pays puis l'embarquement, une folle course pour gagner le large et la paix, un véritable départ sur les chapeaux de roues, une possible échappatoire. « Car je ne vais pas me laisser ainsi conduire au néant, divague-t-il, pas maintenant, quand enfin je revis... Partons ma belle, quittons tout, filons ensemble, nous n'avons besoin de personne, lorsque je serai avec toi rien ne m'atteindra plus et nous traverserons les journées comme les processions s'avancent sous les porches, rien n'entravera notre marche, tu me feras oublier la misère et le désespoir des jours où l'air sent le vomi et où tout ce qu'on mange a le goût du cadavre. Je ne boirai plus, je n'aurai plus besoin de noyer dans l'alcool l'ignoble odeur de pourriture puisque avec toi tout sera rafraîchi, purifié, restauré dans sa forme initiale, sans passé ni passif, vierge de toute décadence et étranger à toute décomposition. Et vous trépignerez, minuscules avortons, briseurs de rêves et exhaleurs de mort, tandis que nous parcourerons les mers, embarqués dans une odyssée qui jamais ne se finira, éternels naufragés que l'océan aura capturés, pour de bon. »

Tandis qu'absurdement il se tend vers des rédemptions impossibles, des acquittements définitifs, des délivrances au terme desquelles non seulement il serait remis de ses dettes mais redeviendrait innocent, Iris, la fille au visage trop clair, aspire à des soulèvements profonds, des bouleversements tout aussi irréversibles, bien que dirigés en sens inverse. Car ce n'est pas une protection qu'elle recherche, mais l'exposition au contraire, le défi lancé à l'océan luimême, seul à ses yeux capable de donner la mesure de cette puissance intérieure qui vient mourir sur les rivages en bouillons écumeux, après avoir remué tant et plus. Et c'est sur son propre bateau qu'elle se prépare à assister aux tempêtes, à affronter les plus terribles orages et les colères divines, les déluges, les raz de marée. Lorsqu'elle travaille à donner corps à cet esquif elle rêve encore à de formidables emportements, à des cieux révoltés, à des nuées d'oiseaux désordonnées. Des picotements lui viennent sur les bras, dans le cou, tant l'émotion qu'elle appelle déborde les limites de son corps menu, des envies de hurler dans le vent, de tout faire exploser.

Jean sent s'accroître cette vitalité impérieuse, la source bruissante qui soulève sa poitrine quand par instants elle soupire. On dirait qu'un hôte l'habite, un gros animal tapageur qui s'agite sans relâche, lui mène la vie dure à l'intérieur, un de ces parasites avec lesquels il faut composer, que l'on ne peut évacuer et dont on subit la tyrannie, malgré la révolte et la suffocation. Semblable à ce ver solitaire, Jean occupe le cœur d'Iris plus solidement que s'il y était cramponné et c'est à cela qu'elle résiste, non que la lourdeur nouvelle soit pesante, car il y a dans sa masse une impondérable substance, qui gonfle au contraire et aère, mais l'envahissement affole la jeune fille et la souffrance aussi, que lui procure tout à coup ce lien déjà si tenace qui l'attache à son amant. À certains moments même elle prend peur, de cette peur que ressentent les incendiaires face au brasier qu'ils ont allumé et qui s'étend, elle s'effare de ces poussées qui viennent en elle soudain, telles des commotions qui la choquent en dedans, de ces ébranlements qui la laissent pantoise dans les escaliers, adossée au mur de la cage ou crispée sur la rampe. Sa propre frayeur la fascine pourtant et c'est ce qui la pousse aux extrémités de sa nature, quand allant au-devant du danger elle lui fait face, plante son regard dans le sien et le défie. Elle a trouvé chez Jean le pendant de sa démesure personnelle, qui pour rester cachée n'en est pas moins extravagante et elle avance dans sa passion, plus téméraire qu'un harponneur, plus folle qu'un capitaine envoûté, elle est animée par un souffle qui la dépasse, transcende son être de chair et l'inspire, à la manière des messagers des dieux, tout imprégnés de leur mission et insoucieux du sort de ceux qui les reçoivent.

Jean, qui de la rémission offerte chaque matin par le jour nouveau ne sait s'il doit se réjouir ou se désespérer, s'abandonne, vaincu. Dans les bras de la blonde Iris il se réfugie, puisque désormais son devenir dépend d'elle. Il ne sait plus s'il désire vivre ou mourir, il a peur et se sent courageux à la fois, il lui semble réduire, redevenir petit enfant lorsque dans les bras de sa mère il courait se blottir, dès que le monde et sa grandeur le submergeaient de leur complexité et qu'il se savait impuissant à franchir tant d'obstacles. Revenir à ces sensations d'enfance oubliées depuis des années le blesse presque, dans ce que l'émotion que lui procure le souvenir a de douloureux. « Quelle sale blague, pense-t-il, quel sinistre jeu de massacre.... Que gagne-t-on à supporter tout cela et quelle finalité à la souffrance des hommes ? Si au moins on comprenait pourquoi ça fait si mal... »

— Tue-moi, supplie-t-il un soir en soupirant, je n'en peux plus. Je ne veux plus vivre si c'est pour me sentir traqué, jamais le bateau ne sera prêt à temps, et puis je ne sais si je pourrai m'embarquer. C'est ton désir et non le mien, ce bateau est celui que tu construis pour toi, je n'y ai pas de place, il ne faut pas m'emmener, je ne veux pas...

Il balbutie, à demi vautré sur ses genoux.

— Iris, mon arc-en-ciel, je t'en prie, délivre-moi de cette vie, ce sera doux de mourir dans tes bras. Je n'ai plus la force de rien vouloir...

— Maintenant ? feint-elle de s'étonner.

Elle se redresse, de ses bras le maintient au sol par les épaules et monte sur sa cage thoracique, les pieds nus bien à plat sur son torse. D'abord elle donne l'impulsion qui fait enfoncer le corps entier sous la pression, doucement au début, juchée sur lui, presque accroupie, puis elle se relève lentement comme font les acrobates, les bras tendus vers les siens levés qui lui servent d'appui, déplaçant le poids de son corps d'un pied sur l'autre, sautillant tout d'abord, puis s'enfonçant peu à peu dans ses poumons tandis qu'il expire à grand bruit, la poitrine écrasée, le souffle rauque, la voix tordue et sifflante.

Il a appelé la mort et ce que la vieille peau lui envoie est ce bébé échappé des jardins, ce petit personnage de conte, cette enfant trop claire, ce rire. « Plus fort! hoquette-t-il, saute plus fort, bondis, n'aie pas peur. » Et plus elle manque de se tordre les chevilles en glissant sur sa chair qui roule et s'amollit, plus elle piaille et rien ne ressemble moins à l'ultime instant que l'image de sa joie retrouvée, elle retombe de tout son poids, s'agenouille sur lui, s'enfonce encore, elle le regarde, les yeux brillants, bondit encore une fois et retombe dépliée, le couvrant de tout son corps allongé, elle plaque son oreille sur sa bouche et le râle exténué emplit son tympan et s'enfle, en même temps que ses yeux bleus s'écarquillent, derrière le voile qui les a recouverts.

« C'est raté, souffle-t-elle, tu es trop fort. » Les hoquets le soulèvent, de nausée et d'ironie teintés, « quoi! moi! trop fort! J'ai joué au fort quand je n'étais qu'enfant et désormais adulte je me surprends à tout ignorer de la force. Rends-moi ce que tu m'as pris, rends-moi mon souffle et ma douleur, rends-moi mon sang, mon pouls accéléré, mes faiblesses, rends-moi à moi, achève-moi, raaahhh, raaahhh! ». Le voilà qui sanglote, lançant vers elle ses cris rauques et brisés, tel un animal blessé et furieux, la soulevant par le seul mouvement de ses plaintes, tandis qu'elle s'alanguit doucement sur sa poitrine, bercée par ses gémissements de basse atrophiée, s'évanouissant lentement contre lui, dans le ressac confus des bruits sourds et des coups intérieurs, ceux de son cœur qui frappe à sa poitrine.

Iris n'avait pas prêté grande attention au récit que Jean lui avait fait de ses démêlés avec Piazzo. Elle qui avait toujours connu la liberté des enfants livrés à eux-mêmes ne concevait pas que l'on puisse subir une domination si on la refusait. Il lui semblait qu'il n'y avait rien de plus simple que de se débarrasser d'un personnage tel que Piazzo lorsque l'on possédait l'expérience de Jean. Quelque chose qu'elle ne saisissait pas empêchait son amant de recourir à ce procédé, mais elle aurait envisagé elle-même à sa place quantité d'autres solutions... On aurait dit que Jean prenait plaisir à ne pas résister. À contrecœur Iris se rendait à l'évidence : son bel amour se mirait dans les plus sombres reflets de lui-même, tous aussi mortifères les uns que les autres. Il ne s'était, lui semblait-il, arrêté de boire et d'assassiner que pour s'adonner à une drogue bien plus dure, une prémonition de mort qui allait le conduire tout droit à ce qu'il désirait au fond si violemment. Il se voulait mort, il se voyait trépassé et malgré l'effroi provoqué par ces visions de cauchemar, Jean ne pouvait détourner son regard et échapper à l'influence puissante de ce qui le tirait inexorablement vers le bas. La belle Iris, à qui l'océan avait appris la force et l'âpreté de l'ordre naturel, découvrait l'énergie destructrice de celui qu'elle aimait, désormais dirigée contre lui, avec une sorte de curiosité teintée de peine. Cela l'attristait suffisamment pour qu'elle s'engage dans sa passion pour Jean avec tout l'enthousiasme dont elle était capable, mais cela lui plaisait aussi, quand elle savait qu'on n'arrête pas une marée montante, pas plus qu'il n'est utile de lutter contre le flux lorsqu'il vous entraîne au large. Il y avait même, dans le sombre dessein de Jean, une certaine beauté qui l'émouvait, elle n'aurait su dire pourquoi. Sans doute cela la ramenait-elle à son enfance sauvage peuplée des contes terribles de sa grand-mère et des petites cruautés incessantes dont elle était le témoin innocent, lorsque penchée au bord de la falaise elle observait à demi horrifiée le spectacle d'un phoque échoué dépecé par les cormorans, ou découvrait, abîmée sur la lande, les ailes encore frémissantes, une grande oie cendrée tombée d'épuisement et qui n'avait pu se maintenir dans le vol triangulaire qui conduisait la formation vers le nord. Le contact avec

une terre rude et soumise aux affronts perma-
nents de l'océan avait fait naître en elle la
conscience précoce de l'inexorable brutalité du
monde et développé la fierté d'y opposer une
résistance en conservant l'apparence de douceur
et de pureté qui masquait la cuirasse dont elle
avait déjà garni son âme. Aussi Jean ne l'offen-
sait-il pas dans sa volonté farouche de chuter,
pas plus qu'il ne heurtait sa sensibilité, trempée
dans mille images de barbarie aveugle. Elle
acceptait, à la manière dont elle avait appris à
connaître et à supporter dès longtemps la solitude, le sentiment de révolte face à l'injustice et
à la froideur, la panique à l'idée du non-sens
profond de l'univers et la révélation de sa
propre imperfection, ce qui représentait sans
doute le plus sévère affront, car il amoindrissait
encore l'espoir qu'elle avait pu conserver d'un
monde meilleur.

Elle comprenait aussi combien son irruption
dans la vie de Jean avait à la fois inversé et précipité le processus qui l'entraînait depuis des
années vers une déchéance de plus en plus
abjecte. À son contact il avait retrouvé le goût
d'une certaine beauté, une sorte de maintien de
dernière heure qui le grandissait, mais cela
n'avait pas suffi à le détourner d'un chemin
dans lequel il s'était engagé depuis si longtemps
que c'en était devenu sa propre ligne de vie, son

parcours intérieur. Iris, que son rôle de messagère avait habituée à rencontrer plus de résistance chez ceux à qui elle venait annoncer de funestes nouvelles, ne rencontrait cette fois qu'acceptation. Jean allait même au-devant de l'annonce, précédait la parole : de cette prévenance, de cette improbable délicatesse était né leur amour, lui parce que le bourreau venu l'achever avait le visage d'une sainte, elle parce que l'homme qu'elle devait accompagner vers la nuit portait déjà en lui l'obscurité profonde de l'éternité, allégeant sa tâche et rendant l'échange superbe. Malgré la peine que lui inspirait ce coup du sort, Iris savait qu'elle n'éviterait rien de ce qui était à venir, qu'aucune minute ne lui serait épargnée de ce qu'elle s'apprêtait à vivre aussi dignement que possible, à la manière des héroïnes dont son aïeule lui avait conté la bravoure.

Bien sûr Jean désirait sincèrement que s'achève sa vie, mais il le voulait à la manière du riche jeune homme las de l'existence qui, dans le roman de Jules Verne, paye un tueur pour le poursuivre et le supprimer. Un autre se charge de la responsabilité... Jean aurait pu attendre que Piazzo lance à ses trousses ses brigades de redresseurs de torts, mais cela ne lui plaisait pas. Parvenu à ce stade il refusait de périr par là où il avait lui-même sacrifié, et cette exigence supplémentaire pouvait paraître particulièrement démesurée, quand seuls ces derniers mois l'avaient connu changé, et presque repenti, pour des années passées à vivre en malfaiteur. Mais la présence nouvelle d'Iris dans sa vie lui semblait justifier à elle seule l'exorbitante demande qu'il faisait aux dieux, tel un dernier cadeau du monde des vivants fait au fils prodigue, que Jean incarnait plus que jamais en ces instants. Rien de cela n'échappait à Iris, désignée tout exprès pour faire le lien entre les instances du ciel et celles plus tangibles de la terre. Cette fois cependant on lui demandait un peu plus. Elle se résignait déjà — et peut-être était-ce le prix à payer pour sa liberté future — à accomplir ce que d'ordinaire elle se contentait d'annoncer.

Elle allait aider Jean à passer de l'autre côté.

4

Ils avaient passé tout le week-end ensemble,
un de ces week-ends bizarres de la fin du mois
de février, suspendu dans le temps, brumeux
et froid, empreint pourtant d'une subtile
touche de gaieté, venue du sud, quand au
matin les voitures sont recouvertes de fine
poussière rouge, sable du Sahara porté par le
vent jusqu'à nous. On ne voit pas encore les
signes des beaux jours à venir, mais on les
pressent, ils naviguent dans l'air, impalpables
comme des courants d'air doux qui faussent
les sensations. Comment décrire ces heures
passées à s'imprégner d'une image bientôt dis-
parue, à tirer avantage de l'autre à l'extrême,
tous deux usuriers des minutes de bonheur
grappillé, pressés et lents à la fois, emportés
dans le rythme des rêves où lorsqu'il faut fuir
on ne trouve plus ses jambes, qu'elles se
dérobent à la course, qu'elles piétinent, exas-

pérés et sereins à la fois, rendus au dernier échelon de leur traversée.

Dormir, ils y avaient renoncé, profitant de l'éveil pour sentir encore, ne pas sombrer déjà dans l'inconscience du sommeil, il serait bien temps... Et ils avaient partagé leur temps entre leurs deux appartements, allant de l'un à l'autre, tissant de leurs pas le chemin qui les reliait à travers la ville, serrés l'un contre l'autre, ou bien roulant dans Paris en voiture, toujours aussi proches, leurs regards ne se dégageant que rarement.

Au matin du lundi, le soleil avait enfin paru, et c'est sans doute ce qu'Iris attendait, qui allait célébrer en prêtresse d'un rite païen le sacrifice aux puissances suprêmes de vie et de mort, aux astres du jour et de la nuit, au lumineux et au sombre. Tout était rassemblé, rien ne faisait entorse au rituel, ne manquait plus que le courage, qui est une sorte de confiance aveugle dans ces principes essentiels, dont on espère qu'ils instaurent quelque règle à laquelle s'appuyer lorsque tout autour semble s'écrouler. Iris durcit le sien, le condense en une volonté de ne pas fléchir, elle en appelle à l'énergie de sa dynastie océane, pour franchir cette épreuve sa vaillance seule ne suffira pas, il lui faudra le soutien à distance des esprits intrépides de sa race, de ses sœurs légendaires, les harpies Bourrasque et Vole-Vite.

Iris entraîne Jean au-dehors et ils entrent dans le jardin du Luxembourg, s'installent à la buvette, commandent des cafés crème.

— Je suis venu ici le jour où je t'ai retrouvée, dit Jean. Il faisait moins beau... Mais c'était un lundi aussi, je me souviens.

— C'est aujourd'hui qu'on s'encadre dans un platane, répond-elle, des éclairs fusant de ses prunelles. Une journée parfaite pour l'excès de vitesse, allons-y!

Ils marchent dans l'allée circulaire aux statues des reines de France. Jean traîne les pieds dans les feuilles rousses des marronniers, qu'il fait craquer sous ses semelles, Iris s'est adossée à un arbre, les bras touchant le tronc, le soleil dans les yeux. Il s'approche, lui tend la main, l'attire à lui, elle glisse de l'arbre à ses bras et il tient ses yeux bientôt tout près des siens, sa bouche qu'il va embrasser quand soudain l'air trop vif, la lumière trop étincelante le frappent comme un fouet et le voilà submergé de tristesse subite, des larmes inondent ses yeux.

— Quoi? dit-elle. Qu'y a-t-il?

Appuyé contre elle il pleure, le corps soulevé par les sanglots, elle le soutient, porte sa tête, efface les larmes de ses joues, murmure de petits mots, veut le calmer, n'y parvient pas, s'affole, s'épuise à le retenir, il s'effondre, s'écroule sur le sol poudreux, les genoux pliés sous son poids, le torse brisé qui se plie et s'enfonce, elle le saisit alors à bras-le-corps, s'accroupit contre lui et l'exhorte « non, non ! ne pleure pas, je t'en supplie, ça me fait mal. Ne sois pas triste, ce sera bientôt fini », insiste-t-elle. Enfin il se redresse, rencontre son regard et c'est comme un joyau découvert dans la boue, une étincelle de richesse, une pépite.

« Oh ! mon Dieu, pourquoi lui laisser voir ainsi ma faiblesse ? », à genoux il est maintenant qui entoure les jambes d'Iris, se traînant dans la poussière, implorant son pardon, elle s'est relevée pour ne pas tomber tant elle tremble, comme privée de souffle, elle pâlit, elle s'accroche à lui, elle va choir. « Debout, mets-toi debout », gémit-elle, il se lève et voyant sur son visage la détresse qu'il a suscitée, il comprend qu'il n'a fait qu'affaiblir sa détermination, à l'instant où plus que jamais elle a besoin de toutes leurs audaces réunies.

« C'est le moment », dit-il dans un sursaut et concentrant ses dernières forces il se redresse, la pousse presque vers la rue, l'installe dans l'auto, l'enveloppe d'un plaid, la borde car il a baissé la capote, la chouchoute comme un enfant que l'on couve, il dépose enfin un baiser sur son front avant de rabattre le petit bonnet qui couvre sa tête, puis fait le tour de la voiture en courant pour sauter au volant.

Plus de larmes dans ses yeux, plus de secousses violentes qui bouleversent le cœur, il va se racheter, la protéger désormais, ne pas trahir si facilement son désarroi, « allez ! en route... » chuchote-t-il à la voiture. Iris parvient à sourire et ses yeux d'azur brillent, de nouveau.

— Ville ou campagne ? s'enquiert-il.

« Je suis idiot, la protéger de quoi maintenant ? »

— Les arbres en ville sont bien assez mal en point. Allons en esquinter un à Auvers.

— Pourquoi là ?

— Parce que c'est au vert !

Et elle part d'un éclat de rire tandis que le moteur de l'Oldsmobile vrombit.

Nous y voilà dans la campagne, champs de hangars industriels, forêts de parkings plantées de véhicules identiques, bâtiments de tôle hideux où l'on vend de quoi bricoler, laides enseignes, « allez ! allez ! rangez-vous devant, laissez passer les amoureux du grand jour... ». Il vocifère à tue-tête, allume des cigarettes que le vent éteint aussitôt, elle se tend vers lui pour mieux entendre ce qu'il hurle, pousse à son tour des cris perçants. « C'est incroyable, s'époumone-t-il, je n'ai plus peur, je me sens invincible. — C'est parce qu'on va bientôt être débarrassé de tout ça, crie-t-elle en souriant jusqu'aux oreilles. Tu ne vas pas changer d'avis ? s'inquiète-t-elle. — Non, fait-il de la tête. Allons-y et toi, brille un peu plus, vieux soleil poussif ! »

Ils arrivent, c'est Auvers, et ils montent d'abord au cimetière. « Mais ce serait presque charmant ! s'étonne Jean. — Mais oui, mais oui, je ne veux pas croupir n'importe où, moi monsieur. » Il contemple les prés bruns qui entourent l'enclos de pierre, en plein vent. Et toute cette terre lourde lui pèse déjà sur le corps, toute cette bonne glaise dont on fera plus tard sans lui les moissons lui entre déjà dans les pores. « Et toi, tu n'as pas peur ? » demande-t-il en grattant ses semelles contre l'angle d'une dalle de marbre. Elle ne répond pas, le saisit par la manche, le tire à elle et l'entraîne sur la petite route. « Un dernier combat dans les champs ? » disent ses yeux en parcourant les terres alentour, cherchant d'un regard vif une aire sans chaumes hérissés, sans sillons taillés en travers des mottes retournées, sans flaques de boue.

— Tant pis, on le fera debout, lance-t-elle. Après tout, on va rester couché longtemps désormais.

Et elle s'adosse au mur du cimetière, il se plaque contre elle et dans ses yeux clairs il voit se refléter les champs à l'infini, déjà le doux frisson le gagne, à peine son corps effleuré, le secoue, l'envahit, il prononce des mots déments, jamais dits, elle s'abandonne à cette volupté, s'accroche à lui, vissée à sa poitrine, à ses jambes, à son ventre, dans une volonté d'adhésion ultime des peaux à travers les vêtements, bientôt tout se mélange et l'on ne sait plus qui est qui, à elle ce bras qui étreint, à lui ce cou qui frémit, à lui encore ces lèvres avides, à elle cette peau découverte, palpitante ? Bien empêtrés, mâchés par la pierre du mur qui les pétrit, bien enfoncés l'un dans l'autre, ils halètent, ils ne se regardent pas, trop occupés à s'embrasser, à se dévorer, absous l'un par l'autre, forcenés dans le don autant que dans la prise, faisant hurler leurs muscles de tension, de douleur contenue, acharnés, volontaires, splendides, éreintés. Quand ils se sont bien remués, qu'ils ont glissé vers le sol, toujours embrassés, sans se détacher, sans se lâcher, quand ils ont épuisé leur désir et leur faim, que les éclairs blancs que fait jaillir derrière les yeux la jouissance ont explosé à l'intérieur de leur tête, quand ils ont si bien profité l'un de l'autre qu'ils sont comme hébétés de se retrouver deux, ils remontent lentement, ils s'accoudent au talus, se hissent, s'entraidant, secoués de rires décousus.

L'Oldsmobile quand ils s'y installent à nouveau ronronne, ils se regardent, ils sont pâles après l'amour, blêmes avant la mort. Ils savent pourtant l'impérieuse nécessité de l'urgence, ils savent l'obligation intime de se taire, ils savent qu'ils ne feront rien sans l'autre. Du regard ils se sondent, s'encouragent et supplient à la fois, se provoquent, s'attendent. « Moteur ! » lâche-t-il enfin. Et les voilà partis. Vroum ! vroum ! la voiture s'associe, qui vole sur la route, pressée, comme prévenue de l'enjeu. Les virages se précipitent les uns sur les autres, les arbres font bientôt un rideau continu, le bitume s'enfourne sous les roues tel un vertigineux rouleau gris, elle a posé la main sur sa cuisse et sent les muscles durs sous la laine du pantalon, vibrant de petits tressaillements lorsque le pied passe une nouvelle vitesse. Ça va si vite que les arbres qui bordent la route dessinent comme des taches floues, des giclées de branches, on se croirait dans un film à l'image brouillée, très rapide, le bruit s'amplifie aussi du moteur lancé à fond et dont les cylindres hurlent sous la chaleur, « oh ! là là, a-t-elle le temps de penser, je ne vais jamais m'en sortir. À moi, mes sœurs, accourez vite ! ». Elle fait tout juste le geste d'attraper la main de Jean sur le volant, un dernier regard et c'est l'aveuglante lumière qui éclabousse de partout, le blanc, le noir, la glace et le feu, le silence.

J'étais abasourdi. Rose s'était tue, elle retenait ses larmes. Je me précipitai sur elle et la pris dans mes bras. Elle se mit à pleurer, sans bruit. J'effaçai les larmes du bout des doigts tandis qu'elles coulaient sur ses joues.

— Laisse, dit-elle, ça me fait du bien. Toute seule, je n'y arrive pas.

Je ne trouvais rien à dire tant j'étais consterné. Je n'aurais jamais cru qu'ils seraient capables de...

— Ils sont morts tous les deux ? demandai-je après un moment.

Aussitôt je compris l'absurdité de ma question. L'émotion me faisait perdre toute intelligence. Comme si Rose partageait la confusion de sentiments dans laquelle j'étais soudainement plongé, elle ne prêta pas attention à ce qui pouvait sembler de la distraction de ma part et répondit très calmement, après qu'elle eut séché ses pleurs. Je compris que cela lui faisait du bien de me raconter l'histoire sans en omettre les derniers détails.

— Non, Jean a été tué sur le coup, mais Iris a été éjectée. On l'a retrouvée à quelques mètres, couchée dans un champ, sans connaissance. Il paraît qu'elle était allongée dans un sillon de terre, bien droite, les yeux fermés, comme si elle s'était installée là pour faire la sieste.

— Elle n'était pas blessée ?

— Si, elle avait une main sectionnée.

Je bondis. Rose eut un mouvement de recul effarouché.

— Qu'est-ce qui t'arrive ? me lança-t-elle.

Elle s'était levée et se tenait maintenant debout sur le seuil de la porte de la cuisine.

— Excuse-moi, dis-je en la bousculant pour me précipiter vers l'évier où je bus quelques gorgées d'eau au robinet.

Je revins au salon, frottant mon visage de ma main encore mouillée. Rose avait repris sa place sur le canapé, légèrement abasourdie. J'étais dans un tel état de confusion que je ne parvenais pas à me calmer. Je m'étais mis à arpenter la pièce de long en large et mon amie me regardait, d'un air stupéfait. Alors que je passais près d'elle, elle m'attrapa le bras et m'obligea à m'asseoir. Elle planta ses yeux dans les miens.

— Cette histoire est incompréhensible

depuis le début. Ne t'y mets pas à ton tour, c'est bien assez affolant comme ça. Car attends, je ne t'ai pas tout dit... Le plus extraordinaire, c'est ce qui est arrivé au moment de l'accident, à l'instant précis de la collision. Iris a protégé de sa main la figure de Jean, dans un geste réflexe sans doute, à moins qu'elle n'ait eu cette incroyable présence d'esprit, mais alors à une vitesse si rapide... si bien que la seule partie du corps de Jean qui n'ait pas été mutilée a été son visage. La main d'Iris le couvrait et les traits sont demeurés intacts. C'est ce que m'a dit le médecin légiste qui avait examiné le cadavre de Jean... Mais quelque chose a dû au même moment s'interposer entre eux et les séparer, elle avait sans doute déjà perdu connaissance lorsqu'elle a été éjectée, car elle ne se souvient de rien. En tout cas, elle a laissé sa main dans la voiture...

— On n'a pas pu l'opérer ?

— C'était trop tard, et puis sa main était trop abîmée... Ils l'ont d'ailleurs sauvée elle-même de justesse, elle avait déjà perdu beaucoup de sang lorsqu'ils l'ont trouvée.

— C'était la main gauche...

— Oui, bien sûr. Et tu sais quoi ? Jean a été enterré avec. On l'avait posée sur sa poitrine, à l'emplacement du cœur.

— Qui a fait ça ?

— Ses parents, je pense. Ils ont fini par me

donner une photo, tout de même. J'en ai fait cadeau à Iris quand je l'ai revue. De toute façon, je ne supportais pas de la regarder... C'était très impressionnant. La main d'Iris était en très mauvais état, mais avec l'apparence de cire qu'avait prise sa pauvre chair morte, cela faisait comme un oiseau glacé... On aurait dit qu'elle veillait sur Jean, qu'elle allait l'accompagner jusqu'à la fin. Quand Iris a vu la photo, elle a dit « c'est bien comme ça, c'est très bien » et elle a souri. Je n'en revenais pas, j'avais l'impression qu'elle ne regrettait rien. Elle n'avait même pas l'air triste, elle conservait la même pureté qu'auparavant, c'était à peine croyable.

— Tu sais ce qu'elle est devenue ? demandai-je sans croiser le regard de Rose.

Je me sentais gêné brusquement.

— Je l'ai croisée une ou deux fois ensuite dans Paris. Elle faisait du patin à roulettes, c'est comme ça qu'elle a repris le dessus. C'était sa façon de faire revivre son corps. Elle avait toujours en tête de prendre la mer en solitaire, sur ce bateau qu'elle faisait construire. Avec une main en moins, il valait mieux qu'elle soit en forme... Elle a dû finir par partir.

— Tu sais quand ?

— Non. La dernière fois que j'ai eu de ses nouvelles, c'était il y a un ou deux mois environ. Elle s'apprêtait à quitter Paris et voulait me dire au revoir.

Je restai silencieux. Ainsi s'envolait la patineuse qui m'avait intrigué si fort. Je ne dis rien à Rose du sentiment que j'éprouvais, mais d'avoir fait coïncider soudain le visage de la jeune fille à laquelle j'avais rêvé tant de fois avec celui d'Iris me procurait la sensation d'une cohérence, de quelque logique à cette invraisemblable histoire. Ma patineuse repartait comme elle était venue, dans le mystère et la lumière d'un jour d'été. J'enviais Jean d'avoir partagé avec elle les dernières semaines de sa vie, il ne se pouvait pas qu'il ait été totalement mauvais pour bénéficier d'une telle grâce. Ce cadeau ne lui était pas échu par hasard, et Rose ignorait sans doute bien des facettes de celui à qui elle avait d'avance tout pardonné.

Je comprenais aussi que, quel que fût désormais le destin de la belle Iris, il ne me serait pas permis de la connaître, du moins de la façon dont je l'aurais souhaité. J'étais un homme beaucoup trop ordinaire pour croiser sur ma route une telle enchanteresse, je n'avais pas assez de défauts, ni suffisamment de qualités pour qu'elle se trouvât un jour en travers de mon chemin. J'avais d'ailleurs essayé de la rencontrer, ni mes efforts ni mon désir n'avaient été remarqués... Mais de la savoir voguant quelque part, menant son bateau à l'aide de son unique main, naviguant sur le *Jean* qu'elle avait dessiné pour lui me réchauffait le cœur. Et cela suffisait au fond, qu'elle fût vivante quelque part, à me réconcilier avec l'image qu'elle m'avait laissée, de liberté et de beauté.

Rose brisa tout à coup le silence et ma rêverie.

— Ne viendrais-tu pas en Irlande, dit-elle, je voudrais m'y rendre et j'ai un mal fou à me décider à partir seule.

— Pourquoi là-bas ?

— J'aimerais aller sur la tombe de Jean...

— Il est enterré en Irlande ? (Je tombais des nues.) Comment se fait-il ?

— Je ne sais pas, personne n'a pu m'expliquer pourquoi, mais ça n'a aucune importance, je voudrais y aller.

— D'accord, ma petite Rose, je t'accompagne ! Quand pars-tu ?

— J'avais pensé prendre l'avion le dernier lundi d'août...

Je ne pus m'empêcher de sourire. Rose l'avait-elle fait exprès ? Je m'abstins de lui poser la question.

— Pour nous ce ne sera qu'un voyage ordinaire, me glissa-t-elle dans l'oreille — l'ambiguïté de la formule et la clarté de son regard me

312

faisaient croire tout le contraire —, tous les deux nous sommes faits pour les allers-retours, n'est-ce pas ? On part, mais on revient toujours...

Cet ouvrage a été réalisé par la
SOCIÉTÉ NOUVELLE FIRMIN-DIDOT
Mesnil-sur-l'Estrée
pour le compte des Éditions Fayard
en octobre 1996

Imprimé en France
Dépôt légal : octobre 1996
N° d'édition : 8340 - N° d'impression : 36069
ISBN : 2-213-59705-7
35-33-9705-02/1